PETIT-JULES

LE SAUTEUR.

Versailles, imp. de VITRY.

PETIT-JULES

LE SAUTEUR,

ou

HISTOIRE D'UN ENFANT

ENLÉVÉ PAR DES BALADINS,

Par M.me Julie Delafaye Bréhier.

TOME SECOND.

PARIS,

A. EYMERY, FRUGER ET C.ie, LIBRAIRES,
RUE MAZARINE, N.o 3o.

1828.

PETIT-JULES

LE SAUTEUR.

~~~~~~

CHAPITRE VIII.

Rencontre imprévue qui satisfera le lecteur, s'il
s'intéresse à Petit-Jules.

———

La générosité est une vertu qui plait dans
toutes sortes de personnes; mais elle
touche surtout dans les enfans, où on
s'attend moins à la rencontrer, à cause de
l'imperfection de leur âge. Je me flatte que
tous ceux qui liront cette histoire senti-

ront pour l'aimable Benjamin une partie
de l'admiration dont le cœur de Petit-
Jules était pénétré. Il se désolait de ne
pouvoir trouver de termes pour lui exprimer sa reconnaissance aussi vivement
qu'il l'aurait désiré, et se voyant déjà
dans la cour du presbytère, il finit par
sauter au cou de Benjamin et par l'embrasser avec transport.

Ils trouvèrent le vieux prêtre assis dans
son fauteuil, au milieu de l'embrâsure d'une
croisée. Son visage pâle et languissant dé-
célait le mauvais état de sa santé, mais
tous ses traits respiraient la bienveillance,
et sa chevelure blanche et ondoyante y
ajoutait un air vénérable qui lui attirait
la confiance et le respect. Un artisan, de-
bout à côté de lui, les yeux baissés, le

chapeau à la main, paraissait écouter une remontrance que lui fesait le pasteur, et que l'arrivée des deux jeunes gens interrompit.

— Eh bonjour, mon neveu, dit le Curé à Benjamin, te voilà donc de retour? je suis charmé de te revoir. Assieds-toi là avec ton petit camarade, je m'occuperai de vous dans un instant.

Ensuite s'adressant à l'homme qui se trouvait près de lui, et qui était un cordonnier du bourg :

— Qu'avez-vous à répondre, maître Clément? Croirai-je qu'en effet vous ayez si peu de respect pour les commandemens de Dieu, que vous refusiez de lui consacrer la sainte journée du dimanche, ainsi qu'il nous l'ordonne?

LE CORDONNIER.

Je n'ai jamais menti à personne, M. le Curé, je ne commencerai point pas vous, qui êtes un homme que je respecte. Il est vrai qu'il m'arrive souvent de travailler le dimanche ; mais fais-je donc plus de mal en cela que la plupart de mes voisins qui jouent aux cartes et s'enivrent au cabaret ?

LE CURÉ.

Ils ont tort, et vous n'avez pas raison, puisque vous ne suivez ni les uns ni les autres les ordonnances du Seigneur. Ce jour là n'est fait ni pour travailler, ni pour s'enivrer, mais pour se réunir plus solennellement dans l'église, et ce n'est pas vivre en chrétien que d'en négliger les obligations.

LE CORDONNIER.

Excusez-moi, M. le Curé, je suis un père de famille. On mange le dimanche comme les autres jours, et le prix d'une paire de souliers de plus ou de moins n'est point indifférent dans mon ménage.

LE CURÉ.

J'estime les gens laborieux, mais il ne faut pas qu'un devoir fasse tort à l'autre. Celui qui a passé saintement le dimanche n'en sera que mieux disposé à bien employer la semaine, sans compter qu'il aura pour lui la bénédiction du Seigneur. Je vous invite donc, maître Clément, à ne plus scandaliser vos voisins par un travail hors de saison. Je sais, du reste, que vous êtes un brave homme, et qu'il suffit de

1.*

vous rappeler à vos devoirs, pour que vous ne vous en écartiez plus.

A ces mots, le bon pasteur se leva, prit dans un tiroir une pièce de six francs, et la glissa dans la main du cordonnier, en le reconduisant jusqu'à sa porte. Puis, retournant aux deux amis, il s'informa à Benjamin des nouvelles de sa famille, du temps qu'il devait y passer, et, lui serrant affectueusement la main.

— J'ai appris, lui dit-il, qu'on est fort content de toi à Châteauroux, que tu es assidu au travail, exact à remplir tous tes devoirs, fort économe dans ta dépense. M. Martin, en annonçant à ton père ces bonnes nouvelles, lui apprend en même temps que son intention est de te donner des appointemens pour l'année prochaine.

BENJAMIN , en regardant Petit-Jules.

— Il a eu la bonté de me le promettre aussi, et je vous assure , mon oncle, que j'attends ce moment avec une certaine impatience.

LE CURÉ.

Oh vraiment, je le crois sans peine ; une pareille marque de satisfaction est fort honorable à ton âge , et je ne doute point que tu ne fasses un usage convenable de ta petite fortune.

Petit-Jules brûlait de faire part au Curé des généreux desseins de son neveu, mais l'aspect de ce vieillard lui en imposait, il n'osait prendre la liberté de lui adresser le premier la parole. Les sentimens qui l'agitaient donnaient à sa physionomie, na-

turellement mobile, une expression si remarquable que le Curé y fit attention.

— Ce petit jeune homme, dit-il à Benjamin, est sans doute quelqu'un de tes camarades de Châteauroux, que tu as amené
avec toi à la campagne pour se divertir.

BENJAMIN, en riant.

Mon dieu non, mon oncle; nous avons
fait connaissance sur le grand chemin.....
Oh! c'est une drôle de rencontre, je vous
assure, permettez que je vous raconte
cela.

Il s'empressa aussitôt de lui détailler
toute cette aventure. A mesure qu'il la ra-
contait et qu'il excitait Jules à parler, le
Curé écoutait avec une émotion toujours
croissante, ragardant continuellement l'or-

phelin, et lui faisant répéter des circonstances qu'il paraissait trouver dignes de
toute son attention. Tout-à-coup il s'é-
cria :

— Grand dieu! serait-il possible que ce
fût lui-même! Quoi! vous vous appelez
Jules ?.... vous avez été enlevé en Bourgogne.... auprès de Sens ?.... et vous ne connaissez point le nom de votre famille?

PETIT-JULES.

Hélas! non. Je me souviens seulement
qu'on m'a dit que j'appelais souvent à mon
secours une personne que je nommais
maman Isabeau.... c'était apparemment
ma mère.

LE CURÉ.

Isabeau!... Et votre père, n'avait-il pas
nom Joseph?...

PETIT-JULES.

Je l'ignore.

LE CURÉ.

Quelque chose m'assure que vous êtes mon cher Petit-Jules....; car vous saurez que j'ai possédé long-temps une cure auprès de Sens. Deux de mes Paroissiens, Joseph Aubert, et sa femme Isabeau, élevaient un enfant, un Petit-Jules, qu'ils ont perdu sans savoir ce qu'il est devenu... Mais attendez.... oui, je me souviens qu'il avait à la jambe une feuille de myrte assez bien dessinée....

— Une feuille de myrte! interrompit Petit-Jules, en se découvrant la jambe avec une extrême vivacité, j'ai bien ici quelque chose de semblable... voyez vous-même.

— C'est cela, c'est cela..., s'écria l'ec-clésiastique en mettant ses lunettes pour considérer de plus près l'empreinte. O jour trois fois heureux..! Pauvre enfant! viens dans mes bras, je veux te consoler de toutes tes peines !

Jules s'y précipita en répandant un dé-luge de larmes; le visage du Curé en était également couvert, et Benjamin, aussi sa-tisfait qu'étonné d'une pareille reconnais-sance, partageait leur attendrissement. Un moment après, Petit-Jules, essuyant ses pleurs, dit au Curé :

— Mon cher monsieur, puisque vous connaissez mon père et ma mère, appre-nez-moi quel chemin je dois suivre pour retourner près d'eux. Je veux partir dès demain; il me tarde d'avoir aussi des parens, de recevoir leurs caresses, et de leur prodiguer les miennes.

Le Curé balança tristement la tête à ces paroles.

— O ciel ! reprit Jules avec effroi, les aurais-je perdus l'un et l'autre ?

LE CURÉ.

Jules, je ne connais point tes parens. Joseph te rencontra couché dans une corbeille, au milieu d'un chemin, où quelqu'un t'avait sans doute exposé. Un mystère que nous ne pénètrerons peut-être jamais, enveloppe ta naissance.

JULES, découragé et fondant en larmes.

— Je suis donc plus malheureux que je ne pensais, puisqu'au lieu d'avoir été enlevé à ma famille, il paraît qu'elle a été

la première à m'abandonner !...... N'importe, mon père et ma mère, ce sont ceux
qui ont pris compassion de ma triste enfance, c'est ce Joseph, c'est cette Isabeau,
qui m'élevaient dans leur chaumière. J'irai
les trouver, je leur dirai : Voici le pauvre
enfant que vous avez trouvé dans une
corbeille ; si vous l'aimez encore, per-
mettez-lui de vous servir de fils.

LE CURÉ.

Hélas ! mon enfant, les choses sont bien
changées depuis ce temps-là. Joseph est
mort ; Isabeau, ne pouvant seule cultiver
sa terre, s'est retirée chez des parens auxquels elle a donné tout son bien, et qui
demeurent auprès de Dijon. Ton retour
ne servirait qu'à la désespérer, puisqu'elle

2

te verrait malheureux, sans pouvoir venir à ton secours.

Tous ces éclaircissemens redoublaient l'affliction du pauvre Petit-Jules, au point que, se voyant désormais sans espérance, il alla jusqu'à regretter d'avoir abandonné la troupe de Fiorentina; mais le vieux prêtre l'en reprit sévèrement.

— Apprends, Jules, lui dit-il, que quand tu serais réduit à demander ton pain de porte en porte, cela te vaudrait beaucoup mieux que de vivre avec une troupe de brigands et d'impies. Dieu, qui ne t'a point abandonné dans ton premier âge, prendra soin de toi encore aujourd'hui, si tu te rends digne de sa protection, et puisque sa providence m'a fait la grâce de te retrouver, j'emploierai les jours qui me restent à te servir de père. Je te regarde dès à présent comme si tu étais le frère de Benjamin, tu demeureras dans ma maison.

Petit-Jules, pour toute réponse, serra dans ses bras le bon Curé. Benjamin témoigna aussi à son oncle, par ses naïves caresses, la joie qu'il ressentait de le voir, pour son petit protégé, dans des dispositions si favorables. L'orphelin demanda au vieillard s'il aurait la complaisance de lui montrer à lire.

LE CURÉ.

Je t'enseignerai tout ce qu'il te sera utile de savoir, mon dessein étant de te mettre en état de gagner honnêtement ta vie, lorsque je n'existerai plus, car je suis

bien vieux et bien infirme; mais je me
confie en la miséricorde du Seigneur.

Alors Petit-Jules se jetant au cou de
Benjamin :

— Vous voyez, mon ami, que je pour-
rai m'instruire sans vous priver de votre
argent. Soyez sûr, au moins, que je n'ou-
blierai jamais votre bon cœur.

Le curé voulut savoir de quoi il s'agis-
sait. Jules lui raconta avec quelle générosité Benjamin avait déjà disposé en sa faveur de la somme qui lui était promise,
et cette bonne action, quoiqu'elle ne fût
encore qu'en projet, lui attira de justes
éloges de la part de son oncle.

~~~~~~

CHAPITRE IX.

Des précautions que prit le Curé pour préserver
Petit-Jules de la misère.

————

C'est une chose affligeante de voir des
personnes, d'ailleurs estimables, ne pouvoir se défendre de certains vices honteux
qui ternissent leurs bonnes qualités. M. et
Mme Evroul, si sages dans la conduite de
leur famille, et qui avaient accueilli Petit-
Jules avec tant d'humanité, se sentirent
piqués d'une vive jalousie, en apprenant
ses anciennes relations avec le Curé, et le
dessein de ce dernier de le garder dans sa
maison.

2*

— Ne ferait-il pas mieux, se dirent-ils
l'un à l'autre, de prendre auprès de lui
l'un de nos enfans plutôt que cet étranger,
qui n'a aucun droit réel à sa protection?
Ne sommes-nous pas ses plus proches parens, ses héritiers naturels, et peut-il se
plaindre que nous ayons manqué d'attentions à son égard?

La tendresse paternelle avait beau être
la source de ces injustes murmures, ils
n'en étaient pas moins indignes de deux
personnes aussi estimables sous d'autres
rapports, et qui, bien loin d'envier à un
pauvre orphelin le seul appui qu'il eût
sur la terre, devaient plutôt s'en réjouir
comme le généreux Benjamin. Ce bon
jeune homme, surpris et affligé du mé-
contentement de ses parens, essaya inuti-

lement de les ramener à des dispositions plus favorables, et n'abandonna auprès d'eux la cause de son oncle et de son ami que lorsque le respect lui eut fermé la bouche à ce sujet.

Cependant, le Curé, ayant confié à M. Evroul, son frère, qu'il voulait se charger du pauvre Jules, et faire en sorte qu'il fût, à l'avenir, à l'abri de l'indigence, M. Evroul, lui répartit, avec un dépit marqué, qu'étant le maître de sa fortune, il pouvait en disposer sans consulter personne. L'ecclésiastique ne se trompa pas au sentiment qui inspirait à son frère une pareille réponse; mais faisant semblant de ne pas s'en apercevoir, il lui répondit qu'il croyait cette marque de confiance propre à le convaincre de son amitié, et qu'il es-

pérait obtenir son approbation en faisant
du bien à un enfant auquel il avait témoigné lui-même un si juste intérêt.

M. ÉVROUL.

Oh ! l'intérêt que nous avons pris à sa
jeunesse ne nous eût point aveuglé jusqu'à
le mettre au rang de nos propres enfans ;
car enfin nous ne le connaissons que sur
ce qu'il lui a plu de nous dire, et les in-
dices sur lesquels vous vous appuyez vous-
même me paraissent fort incertains. Beaucoup de personnes peuvent porter le même
nom ; et cette marque que vous dites qu'il
a sur la jambe, ne peut-elle pas ressembler aussi.....

LE CURÉ, en souriant.

Il faut convenir qu'un pareil concours

de noms et de circonstances serait une
chose fort extraordinaire, s'il n'en résul-
tait que des renseignemens trompeurs ;
mais enfin, quand cet enfant ne serait pas
celui que je pense, il n'en demeure pas
moins vrai que sa situation malheureuse
est digne de l'intérêt des honnêtes gens.

M. ÉVROUL.

Encore une fois, mon frère, vous êtes
le maître. Je souhaite seulement que vous
ne vous repentiez pas de votre bienfaisance, et que vous n'ayez pas imprudem-
ment attiré au sein de votre maison un
petit trompeur, qui vous livre, par la
suite, à ses camarades. Ce ne serait pas la
première fois que des voleurs se seraient
servis d'un enfant.....

LE CURÉ, l'interrompant une seconde fois.

Eh! mon frère! quelle pensée avez-vous là! L'ingénuité de cet orphelin ne permet guère de le supposer capable d'une pareille trahison. Il faut prendre garde d'aggraver l'infortune d'autrui par une défiance si subtile et si injurieuse.

La jalousie étant peut-être de toutes les passions la plus aveugle et la plus incurable, ni les remontrances du Curé, ni les instances respectueuses de Benjamin, ni la douceur et la soumission de Petit-Jules ne purent guérir les craintes et les préventions de M. et de madame Evroul. Ils rompirent avec leur frère, et défendirent à leurs enfans d'entretenir aucune relation avec l'orphelin, qu'ils n'appelèrent plus avec mépris que le *petit sauteur*. Le pauvre Benjamin, désespéré de cette brouillerie, fidèle à ses premiers sentimens, mais connaissant trop bien ses devoirs pour désobéir à sa famille, s'en retourna à Châteauroux avec plus d'empressement qu'il n'aurait fait en toute autre circonstance. Petit-Jules fut d'abord sincèrement affligé du prompt changement de ses premiers protecteurs, et surtout d'être la cause qu'ils cessèrent de voir le respectable Curé ; mais la bienveillance de celui-ci n'en recevant aucune altération, il se consola de cette injustice, et ne songea qu'à se rendre digne de ses bontés.

Animé du vif désir de sortir de son ignorance, Petit-Jules travaillait, pour ainsi dire, nuit et jour, et son excellente

mémoire lui facilitant ses progrès, en
moins de deux ans il sut lire, écrire, cal-
culer et réciter son catéchisme d'un bout
à l'autre. Il ne lui aurait même pas fallu
autant de temps s'il n'avait eu d'autres
occupations ; mais le Curé, en homme
sage et prévoyant, songea à lui faire apprendre un métier, à l'aide duquel il pût
gagner sa vie sans le secours de personne.

— Les bienfaiteurs sont rares, dit-il à
Petit-Jules, et tu vois, par l'exemple de
mon frère, qu'ils sont sujets à changer.
De plus, la mort peut mettre un terme
aux meilleures intentions. Je ferai pour
toi tout ce que la justice me permettra de
faire ; mais comme je n'ai qu'une fortune
médiocre, et que mes neveux, peu riches
eux-mêmes, ont à ma succession des droits

dont il serait injuste de les priver, je te
conseille , mon cher enfant, d'apprendre
un métier. Un honnête artisan mérite tout
aussi bien qu'un autre l'estime des personnes vertueuses , et il a l'avantage de se
procurer partout sa subsistance.

Jules , malgré sa jeunesse , comprit à
merveille ce raisonnement, s'y soumit de
bonne grâce, et demanda à être serrurier.
Le Curé le mit aussitôt en apprentissage
chez un de ses voisins , brave homme et
meilleur ouvrier qu'ils ne sont ordinairement à la campagne. Celui-ci avait exercé
long-temps sa profession à Dijon , sa ville
natale , jusqu'à ce qu'étant devenu vieux,
et n'ayant point d'enfans , il prit le parti
de se retirer dans le pays de sa femme, où
ils avaient d'assez bonnes propriétés. Pe-

tit-Jules porta dans son nouvel état cet
esprit d'invention, d'adresse et de saga-
cité qu'il avait reçu de la nature, et dont
nous lui avons vu faire, au commencement,
un si dangereux usage. Il gagnait déjà tant
d'argent à son maître au bout de trois ans,
que celui-ci trouva juste de lui en tenir
compte. Le premier argent que reçut l'orphelin fut employé par lui à acheter des
matériaux de la première qualité, dont il
composa un ouvrage curieux, qu'il offrit
en présent à Benjamin, et qu'il accompa-
gna de cette lettre :

Lettre de Petit-Jules à Benjamin Evroul.

« Je n'ignore point que votre famille
« vous a défendu de m'écrire, et mon in-
« tention n'est pas de vous exciter à la

« désobéissance ; mais, mon cher Benja-
« min, j'éprouve le besoin de vous témoi-
« gner mon amitié et ma reconnaissance.
« Il faut bien que je vons apprenne quel
« tendre souvenir je conserve de vous.
« Plus mon sort s'améliore, plus je me
« sens touché de ce que je vous dois ; car
« enfin, c'est vous qui êtes la source de
« mon bonheur. Si vous ne m'eussiez
« point accueilli sur le chemin de Bour-
« ges, si vous ne m'eussiez point amené
« dans votre maison, et jusque chez votre
« digne oncle, je ne me verrais pas, de-
« puis trois ans, comblé de ses bontés.
« Daignez donc accepter le présent que je
« vous envoie : c'est l'ouvrage de mes
« mains. Vous m'aviez destiné le premier
« fruit de votre travail, ne méprisez pas

« le mien ; et si je suis privé de la satis-
« faction de vous voir et de vous parler,
« aimez-moi toujours au fond du cœur
« comme je vous aime.

JULES ».

Le Curé approuva le présent et la lettre,
honorables témoignages de la reconnaissance de l'orphelin. Benjamin les reçut
l'un et l'autre avec un plaisir bien vif. Il
n'osa point, à la vérité, répondre à Petit-
Jules, de peur de déplaire à ses parens,
mais il se dédommagea de cette contrainte
en exprimant à son oncle tout ce qu'il
aurait voulu dire à son ami.

~~~~~~

CHAPITRE X.

Des changemens qui survinrent dans la destinée de Petit-Jules, et de son départ pour la Bourgogne.

———————

Les gens véritablement sages ne sont pas ceux qui se livrent avec enthousiasme à l'exercice de telle ou telle vertu, mais plutôt ceux dont la conduite consiste à les accorder toutes ; la bonté avec la prudence, la bienfaisance avec la justice, la douceur avec la fermeté. Tel se montra le digne protecteur de notre jeune orphelin. De même que l'injuste jalousie de son frère, et les mauvais procédés qui en furent la suite, ne l'empêchèrent point d'exécuter

3*

à l'égard de Petit-Jules ses généreux desseins, ces mêmes torts ne l'aveuglèrent
point sur ce qu'il devait à ses neveux.
Parvenu à l'âge de soixante-quinze ans, et
dans un état d'infirmité qui lui annonçait
sa fin prochaine, il fit son testament en
faveur de son frère, léguant seulement à
son protégé une somme de mille francs,
pour lui faciliter son établissement, lorsqu'il serait en âge de le faire. Cette somme
jointe à un bon et sûr état lui ôtait toute inquiétude sur le sort à venir de Jules, auquel il avait donné d'ailleurs des principes
de religion et de probité qui lui répon-
daient de sa conduite.

M. et madame Evroul ne furent pas
plutôt instruits de ces dispositions, qu'ils
accoururent auprès de leur frère, dont la

justice les surprenait et les touchait d'autant plus qu'ils s'attendaient que Petit-
Jules serait son héritier. Il en résulta une
réconciliation qui s'étendit jusqu'à l'orphelin. Ils convinrent de leurs torts, pro-
mirent de lui servir de tuteurs et firent
venir Benjamin pour recevoir les derniers
adieux de son oncle. Quoique la triste circonstance qui les réunissait jetât un voile
un peu sombre sur la satisfaction des deux
amis, ils n'en sentirent pas moins combien
ils se portaient mutuellement une affection
sincère.

Satisfait d'avoir arraché à la misère et
au vice un innocent orphelin, d'avoir dé-
truit dans le cœur de ses plus proches parens des ressentimens injustes, et fait
durant sa longue carrière autant de bien

qu'il avait pu, le vénérable pasteur tourna
toutes ses pensées vers le ciel et rendit
paisiblement le dernier soupir. La paroisse
entière, et beaucoup d'habitans du voisinage, l'accompagnèrent à sa dernière demeure. Son éloge funèbre se lisait sur le
visage de ces gens simples, dont les pleurs
ne sont jamais commandés ; mais personne
ne fut plus touché de sa perte que le pauvre Jules. Il ne lui fut pas possible de
suivre le convoi, sa douleur aurait attendri les cœurs les plus indifférens. Ni les
promesses consolantes de M. Evroul, qui
s'engageait à lui servir de père, ni les caresses de Benjamin ne pouvaient arrêter
le cours de ses larmes. Il se représentait
continuellement le bonheur dont il avait
joui auprès de ce respectable vieillard, et

ne se dissimulait pas que jamais la maison
de son frère ne lui ferait oublier la sienne.
Le passé lui inspirait d'ailleurs une certaine défiance des sentimens de M. Evroul,
et tout en les croyant sincères, en ce moment, il comptait peu sur eux pour l'a-
venir. Tout cela lui fit prendre la résolution de voyager, assuré qu'avec son travail il trouverait à vivre partout. Benjamin
fut le premier auquel il s'en ouvrit. Ce
bon ami jugeant cette distraction propre
à adoucir les regrets de Petit-Jules, approuva son désir et lui proposa de le suivre à Châteauroux.

— Là, lui dit-il, tu trouveras d'autant
plus aisément à te placer, que mon négo-
ciant, à qui j'ai souvent parlé de toi, qui
a lu ta lettre et admiré le présent que tu

m'as fait, t'appuiera certainement de tout
le poids de sa recommandation. Je ne te
parle point de la douceur que nous aurons
à demeurer dans la même ville, où il nous
sera facile de passer ensemble tous les
jours de loisirs que nos occupations nous
permettront, quoique je compte cet avantage pour beaucoup, et que j'espère qu'il
sera aussi pour toi de quelque prix.

PETIT-JULES.

N'en doute point, mon cher Benjamin,
cette dernière considération serait pour
moi la plus puissante, et je me flatte de
me rapprocher tôt ou tard de mon meilleur ami; mais il faut auparavant que j'aille
en Bourgogne.

BENJAMIN.

En Bourgogne! et que prétends-tu faire

dans ce pays-là? Ne sais-tu pas que Joseph
Aubert n'existe plus, que sa femme a
quitté les environs de Sens, et qu'elle
demeure chez des parens auxquels elle a
donné tout son bien?

PETIT-JULES.

Je sais tout cela, mon ami, mais que
m'importe? Ce n'est pas l'intérêt qui me
conduit. Je voudrais connaître cette excellente femme qui m'accueillit dans mon
abandon, et prit pour moi les sentimens
d'une mère. Ma présence ne pourra lui
causer aucun regret, puisque, grâce aux
bienfaits de ton oncle, je me trouve à
l'abri de l'indigence. Sais-tu, Benjamin,
qu'il y a bien long-temps que ce projet
m'occupe. Je me contentais d'y rêver

pendant la vie de mon cher protecteur, mais à présent qu'il n'est plus.....

Ici la voix de Petit-Jules fut étouffée par ses sanglots. Son ami le serrant dans ses bras :

— Eh bien, pars, lui dit-il, ton désir me paraît au reste bien naturel, et je me flatte qu'il obtiendra l'assentiment de mon père..... cependant voyager seul..... à ton âge.....

PETIT-JULES avec vivacité.

J'ai quinze ans, je suis grand et fort.

BENJAMIN.

Ah! si je pouvais t'accompagner!

PETIT-JULES.

Cher ami! quelle consolation pour moi!

que nous serions heureux l'un et l'autre....
Mais c'est une chose à laquelle nous ne
devons point songer, je le sens bien, l'intérêt de ton état te retient à Châteauroux...
Conviendrait-il, en outre, à un jeune né-
gociant, à Benjamin Evroul, de courir le
monde avec un obscur ouvrier en serru-
rerie? Non, c'est assez pour moi que tu
m'honores de ton amitié.

Benjamin lui reprocha d'un ton chagrin
cette réflexion, à laquelle il ne croyait pas
avoir donné lieu ; puis examinant ensemble
leur projet de faire de compagnie le voyage
de Dijon, ils furent obligés de reconnaître
que de fortes raisons s'y opposaient et qu'il
fallait y renoncer ; mais Jules demeura
ferme dans sa résolution de s'y rendre
seul.

M. Evroul s'efforça de l'en dissuader, non qu'il y eût fort loin d'une province à l'autre, mais par le seul intérêt de leur amitié pour lui; néanmoins il céda sans trop de résistance, dès qu'il s'aperçut combien son pupille tenait à ce projet, condescendance d'autant plus agréable à Petit-Jules, qu'il aurait eu beaucoup de peine à lui obéir, si la volonté de M. Evroul lui eût été absolument contraire. Le maître serrurier, bien loin de redouter pour lui ce voyage, l'y encouragea fortement. Il l'assura que rien ne formait un ouvrier comme de parcourir le monde, qu'il l'avait fait lui-même dans sa jeunesse, et s'en était parfaitement trouvé. Enfin il lui donna des lettres de recommandation pour la ville de Dijon, où j'ai déjà dit qu'il était né, de sorte qu'à son arrivée, Petit-Jules était certain d'y trouver de l'ouvrage chez les meilleurs serruriers de la ville.

CHAPITRE XI.

Par quelle aventure Petit-Jules fut conduit en prison, et quel singulier personnage il y rencontra.

———

Il arrive quelquefois qu'en ne faisant que ce qu'il était juste de faire, on se trouve cependant la dupe de son devoir, au moins en apparence. Mais, quelque chose qui en arrive, on ne doit jamais regretter de s'être bien conduit, puisque, si les hommes ne nous rendent pas justice, Dieu, qui voit tout, n'abandonne jamais la vertu. Un incident qui interrompit notre orphelin dans le cours de son voyage, va démontrer à mes jeunes lecteurs la vérité de ces réflexions.

Chargé d'un sac de cuir qui contenait quelques outils, et d'un paquet assez mince, attaché en sautoir avec le sac de cuir, Petit-Jules, un bâton à la main, s'en allait à pied vers l'ancienne capitale de la Bourgogne. Le motif qui le conduisait était non-seulement de connaître une personne qui lui avait servi de mère, mais encore de s'assurer si, depuis tant d'années, on n'avait eu aucune lumière sur son sort. L'obscurité répandue sur sa naissance le chagrinait d'autant plus qu'en repassant dans son esprit les circonstances de son abandon, il avait quelque raison de supposer que ses parens tenaient dans la société un rang fort au-dessus de la

4.*

condition où il se voyait réduit. Il fallait au moins qu'ils fussent riches, pour avoir déposé une somme de six cents francs dans sa corbeille. Jules ne rougissait point de son état, il en reconnaissait même tous les avantages, mais il ne se dissimulait pas aussi que cet état l'obligeait à vivre avec une classe de personnes sans éducation, qui cachaient leurs vertus sous une enveloppe grossière, et il sentait que son inclination lui aurait fait préférer une autre compagnie. Il s'épuisait en conjectures pour deviner par quelle raison on s'était montré autrefois si barbare envers son enfance, et en même temps si généreux.

Tout-à-coup Petit-Jules, qui suivait un chemin de traverse, entre Nevers et la

Charité, entendit jeter des cris de détresse au fond d'un bois le long duquel il marchait. L'orphelin, s'étant avancé à la hâte, entrevit deux hommes, dont l'un maltraitait une petite bergère d'environ douze ans, tandis que l'autre emportait sous son bras un agneau qu'il lui avait dérobé. Transporté du désir de prêter son appui à un enfant opprimé, Jules, sans être arrêté par le danger qu'il courait lui-même, tomba à l'improviste sur celui qui fuyait, et qu'il rencontra le premier, l'obligea de lâcher sa proie, et vola aussitôt au secours de la bergère. Les deux voleurs se réunirent alors pour se venger, et quels que fussent son courage et sa force, il serait peut-être mort sous leurs coups, si quelques paysans, attirés par les cris de la

bergère, ne fussent arrivés à son aide.
Les deux fripons essayèrent alors de se
sauver, mais les paysans s'y opposèrent,
les saisirent au collet, et envoyèrent leurs
femmes chercher la gendarmerie, qui se
trouvait heureusement dans le voisinage.
Les voleurs, alarmés, donnèrent un coup
de sifflet d'appel, auquel on vit accourir
leurs camarades, au nombre de trois. Parmi
eux était un vieil homme d'une figure si-
nistre, que Petit-Jules, au premier coup-
d'œil, reconnut pour Brigace. Cela lui aida
à reconnaître aussi les autres, qui étaient
les enfans et les associés de Fiorentina. Il
ne se vit pas sans une extrême inquiétude au milieu de ses anciens persécu-
teurs ; mais la fuite était impossible dans
un moment où son secours devenait si né-

cessaire aux paysans. Une rixe violente
s'engagea entre eux. Jules contenait un
des sauteurs, repoussant avec force ceux
qui s'efforçaient de le délivrer de ses mains.
Brigace s'avança lui-même vers lui, en le
fixant d'un air qui faisait frémir le pauvre
Jules, tant la crainte qu'il lui avait inspi-
rée dès son enfance avait laissé dans son esprit des traces profondes. Néanmoins il fit
bonne contenance, et conservait son avantage, quand la gendarmerie arriva. Brigace
et les siens pensèrent alors à leur sûreté,
mais il n'était plus temps : les gendarmes
se saisirent de toute la bande, attachèrent
chacun par une corde à la selle de leurs che-
vaux, et se disposèrent à les emmener. En
ce moment, le méchant Brigace, regardant
Petit-Jules avec un sourire infernal :

— Messieurs, dit-il aux gendarmes, si vous m'en croyez, vous ne laisserez pas aller non plus celui-ci : c'est mon élève, et je puis vous protester qu'il n'a pas fait de moindres exploits que son maître.

Petit-Jules, interdit, essaya de repousser cette accusation.

— Pourquoi me renierais-tu, Petit-Jules, continua Brigace? Tu vois bien que, malgré ta désertion, je ne t'ai pas oublié.

Les paysans s'écrièrent que c'était une imposture; que, bien loin de seconder les voleurs, ce gentil *compagnon* était accouru le premier au secours de la bergère. Petit-Jules, de son côté, un peu revenu de son saisissement, déclara que ces misérables l'avaient enlevé dans son

enfance, et qu'il y avait cinq ans qu'il ne
vivait plus avec eux; mais Brigace et les
autres, s'obstinant à le faire passer pour
leur complice, les gendarmes s'emparè-
rent aussi de sa personne, en disant que
ce n'était point leur affaire de discerner
l'innocent d'avec le coupable, et que tout
cela se débrouillerait au tribunal. Ainsi,
le malheureux Jules, confus et désespéré
de se trouver en si mauvaise compagnie,
fut contraint de subir un traitement qu'il
ne méritait pas, sans compter que, pendant tout le chemin, il essuya les raille-
ries de ses anciens camarades, qui lui rap-
pelaient des circonstances qu'il aurait
voulu pouvoir oublier, et dont il rougissait depuis fort long-temps.

A son arrivée à Nevers, il demanda ins-

tamment à l'officier de police de n'être
point renfermé avec les sauteurs, dont il
avait d'ailleurs de mauvais traitemens à
redouter. L'officier lui accorda d'autant
plus volontiers cette satisfaction, que Petit-Jules, s'exprimant d'un ton bien diffé-
rent de celui de ses prétendus complices,
ne paraissait guère devoir être confondu
avec eux. Cependant, faute de place, on
le mit avec un prisonnier qui ne valait pas
mieux que Brigace, et qui devait être jugé
aux prochaines assises, comme prévenu
d'avoir mis en circulation de la fausse
monnaie.

J'essaierais vainement de représenter
l'affliction de Petit-Jules lorsqu'il entendit fermer sur lui les redoutables verroux
et qu'il se trouva dans un affreux réduit,

avec du pain et de l'eau, une botte de paille pour se coucher, et n'ayant d'autre compagnie que celle d'un voleur public, menacé du dernier supplice. Il se jeta sur son lit de paille, qu'il arrosa d'un torrent de pleurs.

— O mon cher Benjamin! se disait-il intérieurement, quelle sera votre indignation en apprenant mon triste sort et l'injustice dont on m'accable! et vous, mon cher et respectable protecteur, votre ombre ne gémit-elle pas de mon infortune? Ah! j'avais bien raison d'être inconsolable de votre perte! Je n'ai pu être heureux et tranquille que sous vos auspices. Les rigueurs du ciel envers un malheureux orphelin ont paru s'apaiser tant que vous avez vécu; maintenant elles se

5

réveillent et vont recommencer à me pour-
suivre.

  C'est ainsi que le pauvre jeune homme
exhalait sa douleur. Son imagination alarmée ne se contentait pas de ses maux présens, elle lui en faisait craindre de plus
funestes; il appréhendait que l'innocence
de ses dernières années ne fût pas suffi-
sante pour le faire absoudre des autres.
Après avoir pleuré et gémi pendant plusieurs heures, son cœur se trouva sou-
lagé, son affliction devint plus calme. Son
compagnon n'avait pas attendu ce moment pour l'exhorter à montrer plus de
courage, mais Petit-Jules, prévenu contre
lui, eut d'abord de la répugnance à lui
répondre. Néanmoins, la contenance de
cet homme lui parut si extraordinaire,

car il ne faisait que chanter, et affectait autant de tranquillité sur son sort que s'il eût été dans sa maison, que l'orphelin ne put s'empêcher de lui en faire l'observation.

— J'admire, lui dit-il, comment, sous le poids d'une accusation aussi grave, vous trouvez cependant la force de conserver le calme de votre esprit. Il faut que vous soyez bien certain de votre innocence. Pour moi, malgré qu'on ne puisse me reprocher que des fautes commises à un âge où l'on ne discerne pas encore le bien d'avec le mal, je ne laisse pas de m'alarmer des suites de ma captivité. Peut-être ignorez-vous le péril où vous êtes.

LE PRISONNIER.

Je ne l'ignore point. Je sais que si je

suis convaincu il y va de ma tête, et je
veux bien encore vous confesser que ce
n'est point mon innocence qui me rassure.
Il n'est que trop vrai que le désir de ré-
parer mes pertes dans mon commerce m'a
entraîné à répandre dans le public des
pièces dont je connaissais la fausseté. Je
vous le dis, parce qu'entre nous de pa-
reils aveux sont sans conséquence.

PETIT-IULES.

Grand Dieu ! et dans une pareille situation, vous trouvez le courage de rire, de
chanter, de m'en parler enfin du ton que
vous le faites !

LE PRISONNIER.

C'est que, quand je serais mille fois plus
coupable, je suis assuré de ne point périr.

J'ai rendu autrefois à l'un de mes juges un service dont il ne peut manquer de se souvenir dans cette occasion, non par reconnaissance peut-être, mais par intérêt, ce qui est bien plus solide pour moi.

PETIT-JULES.

Mais ce juge ne compose pas seul le tribunal, il y a un jury.....

LE PRISONNIER.

Oh! il ne sera pas assez imprudent pour me laisser aller jusque-là. Et comment s'y exposerait-il? d'un mot je puis renverser sa fortune et son honneur, et ce mot, il sait bien que je ne manquerai pas de le dire, s'il m'abandonne.

PETIT-JULES.

Il faut que le service que vous lui avez

5*

rendu soit d'une nature bien extraordinaire.

Le prisonnier ne répondit point à cela, il fit quelques tours en siflant, puis, s'adressant à Petit-Jules :

— Vous me paraissez un bon garçon, reprit-il, et je n'ai aucune peine à vous croire innocent. Que n'écrivez-vous à vos parens l'embarras où vous vous trouvez? ils viendraient vous réclamer et tout serait fini.

PETIT-JULES, douloureusement.

Des parens! hélas! il faudrait en avoir, et je ne suis qu'un malheureux enfant trouvé.

LE PRISONNIER.

Que voulez-vous, la misère endurcit les familles.

PETIT-JULES.

Non, ce ne peut être la misère. Mes vêtemens, la corbeille qui me servait de berceau, vingt-cinq louis déposés au fond......

LE PRISONNIER, l'interrompant.

Vingt-cinq louis!..... une corbeille recouverte d'un rideau vert.....?

PETIT-JULES, le regardant avec anxiété.

C'est ainsi qu'on me l'a dépeinte.

LE PRISONNIER.

Vous avez été trouvé dans un chemin, à quelques pas d'une chaumière, aux environ de la ville de Sens.....

PETIT-JULES.

Oui, oui, achevez!....

LE PRISONNIER.

Une feuille de myrte empreinte sur la jambe gauche....

PETIT-JULES.

La voilà.... vous me connaissez.... nommez-moi mes parens.

LE PRISONNIER.

C'est moi-même qui vous ai porté à l'endroit où l'on vous a trouvé....; mais je ne vous en dirai pas davantage.

PETIT-JULES.

Quoi! vous auriez la barbarie de me taire un secret si important?

LE PRISONNIER.

Je vous en ai déjà trop fait connaître, n'espérez pas que je m'engage plus avant.

Jules eut beau chercher à l'attendrir par les raisons les plus persuasives et les prières les plus touchantes, rien ne put l'ébranler. Il ne laissa pas néanmoins, pendant cinq jours qu'ils demeurèrent ensemble, de renouveler tous ses efforts. Tantôt il l'embrassait et se mettait même à ses genoux, le conjurant avec larmes de terminer tous ses malheurs; tantôt il essayait de l'éblouir par ses promesses, et, désespéré de son obstination, il passait tout-à-coup de la douceur aux menaces et aux injures; mais le prisonnier ne se laissant ni effrayer ni séduire, notre orphelin ne retira de cette aventure que l'étrange mortification d'être continuellement avec un homme qui pouvait l'éclairer sur sa destinée, et qui refusait opiniâtrement de le faire. Enfin ce personnage disparut pendant la nuit, sans que Petit-Jules, plongé dans le sommeil, s'en aperçût. Il ne douta point que le juge, sur lequel cet inconnu comptait, n'eût favorisé son évasion. Ce fut un nouveau chagrin pour Jules, qui perdait avec lui sa dernière espérance, car, malgré son inflexibilité, il se flattait d'en triompher tôt ou tard.

Au bout de deux mois l'orphelin fut remis enfin en liberté, sans avoir subi l'humiliation d'un jugement; les informations recueillies sur son compte auprès de la famille Evroul et des autorités de leur pays établissant suffisamment son innocence. Petit-Jules essaya d'obtenir du geolier quelques éclaircissemens sur le prisonnier dont il avait partagé la captivité, il aurait bien voulu connaître son nom, et sa famille; mais on lui ferma la bouche à ce sujet, en lui conseillant, pour sa propre sûreté, de ne pas s'en occuper davantage.

CHAPITRE XII.

De la conversation qu'eut Petit-Jules avec une
femme qui lavait du linge à une fontaine.

OH! qui pourrait exprimer dignement
tout le mépris et l'indignation que mérite
l'ingratitude! La colère et la vengeance
sont assurément des passions très-con-
damnables, mais elles ne naissent du
moins que dans un cœur offensé, ou qui
croit l'être, au lieu que l'ingrat fait du mal
à celui qui lui a fait du bien. Les animaux, même les plus féroces, conservent
le souvenir des bienfaits, et l'on ne trouve
l'ingrat, dans toute la nature, d'autre

symbole que le serpent, qui se retourne contre la main qui le réchauffe. Petit-Jules, loin de ressembler à ces ames perverses, repassait souvent dans sa mémoire les soins et les bontés dont il avait été l'objet, même ceux que la tendre Isabeau lui avait prodigués dans son enfance, malgré que son extrême jeunesse ne lui eût pas permis de les apprécier, et qu'il ne les connût que par le témoignage d'autrui.

A mesure qu'il approchait du village où demeuraient les parens d'Isabeau, chez lesquels elle s'était retirée, il éprouvait une émotion profonde, un mélange de sentimens confus qui l'attendrirent tellement que, ne voulant point se montrer en cet état, il se promena un moment à l'é-

cart, pour se donner le temps de se ré-
mettre. Les premiers froids de l'hiver
commençaient à se faire sentir, et même
il était tombé de la neige la nuit précé-
dente. Petit-Jules arriva à une fontaine où
une vieille femme lavait du linge. Elle
leva la tête au bruit des pas du jeune
voyageur, et lui laissa voir son visage
flétri couvert de larmes. Rien ne dispose
à la compassion comme d'être malheureux
soi-même.

— Vous lavez par un temps bien rigou-
reux, ma bonne mère, lui dit l'orphelin
d'un ton qui donnait à ce peu de mots une
expression touchante.

Pour toute réponse, la pauvre femme
redoubla ses pleurs.

— Je vois, continua-t-il, que vous

n'êtes pas heureuse. Je vous plains, si je pouvais davantage pour votre service, je le ferais de grand cœur.

— Que Dieu vous récompense de votre bonne volonté, mon cher enfant, répliqua-t-elle, en tirant son mouchoir pour s'essuyer les yeux. Il est vrai que je suis fort malheureuse, mais il n'y a point de remède à mon chagrin : plus je vivrai, plus mon sort sera déplorable.

PETIT-JULES.

Vous avez là une perspective bien cruelle ! ne seriez-vous pas trop prompte à vous exagérer vos maux ?

LA VIEILLE FEMME.

Oh non. Quand on s'est mis dans la dépendance des ingrats, il n'y a plus de bonheur à espérer.

PETIT-JULES.

Quoi ! ce sont des ingrats qui font cou-
ler vos larmes ! hélas ! je n'ose penser que
des enfans dénaturés.....

LA VIEILLE FEMME.

Des enfans ! des enfans ! ah ! je n'en ai plus
depuis bien long-temps ; Dieu me les a
tous ravis dès leur tendre jeunesse. S'ils
vivaient, je ne serais point malheureuse ;
j'aurais un appui dans mes derniers jours...
au lieu que je suis seule sur la terre. J'ai
donné mon bien à des parens ingrats qui
me méprisent, parce qu'ils n'ont plus rien
à attendre de moi. Ils me souffrent avec
peine dans leur maison, ils regrettent la
nourriture que je mange, ils m'obligent
à travailler au-delà de mes forces. J'ai con-

tenu mes plaintes assez long-temps, à la fin il faut qu'elles m'échappent, il faut que mon pauvre cœur se soulage. Voyez vous-même dans quel dénuement ils me laissent! Je n'ai ni bas ni souliers par le temps qu'il fait, et cependant me voilà dans ma soixante-sixième année. Suis-je d'un âge à venir laver à cette fontaine, malgré les rigueurs de la saison?

En parlant ainsi, dans tout l'abandon de sa douleur, elle continuait de gémir et de verser des larmes. Petit-Jules, vivement touché de ses plaintes, se demandait avec agitation si ce n'était point là Isabeau; tout ce que cette femme venait de lui dire ne s'appliquant que trop bien à ce qu'il connaissait d'avance de sa situation: pour

6*

mieux s'en assurer, il lui parla de son mari.

— Il est mort, mon cher enfant, reprit-elle. Je vous dis que j'ai tout perdu : enfans, mari, et jusqu'à un pauvre orphelin que j'élevais par charité. Il ne reste à la malheureuse Isabeau que l'espérance de les aller rejoindre.

A ces derniers mots, qui dissipaient tous ses doutes, Jules fut tenté de se jeter dans ses bras ; mais, dans la crainte qu'une pareille surprise ne devînt funeste à cette infortunée, il travailla à l'y préparer par degrés, et, se contenant du mieux qu'il lui fut possible :

— Ne vous abandonnez pas à une si vive affliction, lui dit-il, vos chagrins auront peut-être un terme..... Dieu est si bon !..... cet orphelin que vous éleviez, est-il mort entre vos bras?

ISABEAU.

Hélas! non. Il disparut à l'âge de quatre ans, sans que depuis nous en ayons eu aucune nouvelle. Sa perte me fut presqu'aussi sensible que celle de mes chers enfans. J'étais absente de la maison, mon mari vint me trouver où j'étais, me demandant, d'un air effaré, ce qu'était devenu Petit-Jules, nous appelions ainsi cet orphelin. Jugez de mes alarmes à cette question? Nous allons aussitôt dans toutes les maisons du village, nous passons la nuit à courir de côté et d'autre, en appelant à haute voix notre cher petit enfant, nos recherches furent inutiles. Nous supposâmes qu'il s'était noyé dans un étang voisin, ou qu'égaré au milieu des bois, quelque bête affamée..... Ah ! ce triste souvenir renouvelle toutes mes douleurs !

PETIT-JULES.

Bonne Isabeau, reprenez courage. Petit-Jules ne s'est point noyé, il n'a point été la proie des animaux, une troupe de baladins l'a enlevé à votre tendresse.

Isabeau, le regardant avec des yeux où se peignaient le doute et la joie, lui demanda quelle raison il avait de lui parler ainsi; s'il connaissait l'orphelin, s'il la connaissait elle-même. Petit-Jules, le visage baigné de pleurs, lui prit la main et la serra dans les siennes avec une expression si tendre, qu'Isabeau, éperdue, devina que Petit-Jules était devant ses yeux,

— Serait-ce lui ! s'écria-t-elle, serait-ce ce pauvre enfant que Joseph m'apporta dans une corbeille ?

PETIT-JULES.

Oui, chère et respectable Isabeau, je suis votre fils adoptif.

Ils s'embrassèrent avec transport, puis tout-à-coup la veuve Aubert se rappelant sa situation :

— Ah ! Jules ! continua-t-elle, mon fils ! faut-il que je vous retrouve si tard, et lorsqu'il ne me reste plus rien à vous donner ! c'était à vous que ma petite fortune appartenait, vous l'auriez possédée entièrement sans l'évènement qui m'a persuadée que vous n'existiez plus. Paisible avec vous dans ma modeste chaumière, je n'aurais jamais connu les chagrins que j'éprouve.

Petit-Jules se hâta de calmer l'amertume de ses regrets en lui racontant brièvement ses aventures, sa rencontre avec le bon Curé et les obligations qu'il lui avait.

— Vous voyez, poursuivit-il, ma bonne mère (permettez-moi ce nom, que je n'ai jamais donné volontairement qu'à vous), vous voyez que nous avons de quoi nous consoler de la perte de votre bien, car désormais mon sort sera le vôtre. Quittez des parens ingrats qui ne méritent point votre amitié, et venez avec moi à Dijon, où mon travail nous fera vivre à l'aise.

La pauvre femme était dans le ravissement d'entendre ces paroles. Il y avait si

long-temps qu'on ne lui en avait adressé
d'affectueuses, et il paraissait si peu probable que sa position dût jamais changer,
qu'elle en croyait à peine ses yeux et ses
oreilles. Ils se rendirent ensemble chez les
parens d'Isabeau, qui, s'imaginant que l'orphelin avait le projet de demeurer chez eux,
ou au moins d'y passer plusieurs jours, lui
firent d'abord une assez mauvaise mine;
mais mieux instruits de ses affaires et de
son dessein d'emmener Isabeau, ils l'ac-
cablèrent de politesse. Ces gens mépri-
sables méritaient bien qu'on leur montrât
ouvertement l'indignation que leur conduite excitait; cependant l'intérêt même
d'Isabeau empêcha Petit-Jules de s'expli-
quer avec eux à cet égard. Il sentit qu'une
rupture ne ferait que rendre le sort de la

pauvre veuve plus misérable, si quelqu'é-
vènement imprévu la forçait à l'avenir d'y
chercher de nouveau un asyle.

Il commença par acheter à sa mère
adoptive des habits propres à la garantir
du froid, et les autres objets dont elle
avait le plus pressant besoin. Il loua ensuite, dans un faubourg de Dijon, une
petite chambre pour leur logement, et,
muni des lettres de son maître en serru-
rerie, il se plaça dans un atelier, où son
talent le fit bientôt considérer, et où il
gagna beaucoup plus qu'il ne fallait pour
l'entretien de deux personnes. Isabeau,
bien vêtue, bien nourrie, ne travaillant
que pour éviter l'oisiveté, et dont l'âme
jouissait d'un doux contentement, reprit
en peu de temps la fraîcheur et l'embon-

elle accueillait son cher Jules, lorsqu'il revenait le soir de son ouvrage ! quels repas ils faisaient ensemble, assis à une petite table bien modestement servie, mais dont la satisfaction des convives faisait le principal agrément ! La bonne veuve passait la journée à préparer à son fils quelque mets favori ou quelque vêtement plus commode. Pour la première fois Petit-Jules connaissait le prix de ces petits soins, de ces attentions pleines de charmes dont les femmes seules sont capables. Il en jouissait délicieusement. Dans la compagnie de sa bonne mère, à peine se souvenait-il qu'il devait à une autre la naissance, qu'un rang plus distingué lui était destiné et qu'il n'occupait point sa place dans le monde ; mais ce qui se présentait

sans cesse à son esprit, c'était l'image de
son respectable bienfaiteur : il ne se las-
sait point de bénir sa mémoire, pour la
sage prévoyance qu'il avait eue de lui faire
apprendre un métier, dont il recueillait
aujourd'hui de si touchans avantages.

Le dimanche, après l'office, Jules et
Isabeau sortaient ensemble de la ville, pour
aller se promener aux environs, quelquefois dans la compagnie de leurs voisins,
plus souvent tout seuls, car Petit-Jules
continuait de se sentir peu de goût pour
les gens de son état. Ils s'asseyaient à
l'ombre, prenaient leur collation sur
l'herbe, avec des fruits qu'ils avaient ache-
tés à la porte de la ville, et Jules lisait
ensuite une histoire simple et touchante,
à la portée d'Isabeau. Il y avait, à la

vérité, dans ces lectures, beaucoup de choses que l'esprit de la pauvre paysanne ne
comprenait point, mais son cœur saisis-
sait à merveille tout ce qui était du ressort
de la sensibilité, et ses réflexions naïves
y jetaient presque toujours un intérêt pi-
quant et nouveau. La piété filiale d'un
bon fils la faisait tressaillir; elle donnait
des larmes aux plaintes d'une veuve ou
d'un orphelin ; et quand elle n'aurait eu
que la satisfaction de voir son cher Jules
l'associer à ses goûts et à ses plaisirs , c'en
était assez pour la rendre heureuse.

CHAPITRE XIII.

Pourquoi Petit·Jules alla dans un château près
de Dijon , et ce qu'il y vit.

LES esprits légers résistent difficilement
à l'épreuve de l'absence. On voit des amis ,
ou plutôt ceux qui en usurpent le nom,
se refroidir dès qu'ils se trouvent séparés,
s'oublier même à peu près , et contracter
partout où ils se rencontrent de nouveaux
engagemens aussi peu durables que les premiers. Il n'en est pas ainsi des personnes
vraiment sensibles. Leur amitié, établie
sur de solides·motifs, n'est sujette à aucune altération. Telle était celle de Jules
pour Benjamin. L'un et l'autre s'écrivaient

fort régulièrement, et se tenaient mutuellement au courant de leurs affaires, se
rendant compte, non-seulement des évé-
nemens qui leur arrivaient; mais de leurs
plus secrètes pensées. Petit-Jules eut bientôt l'occasion d'en confier à son ami d'un
genre qui obligea Benjamin à lui faire des
remontrances que l'intérêt de son repos
lui inspirait.

Le serrurier dans l'atelier duquel l'orphelin travaillait l'emmena avec lui dans
un château, à une lieue et demie de la
ville, pour poser une grille en fer, qu'on
lui avait commandée. Chemin faisant, le
serrurier, qui croyait Petit-Jules plus
âgé qu'il n'était, lui dit qu'il ferait bien
de prendre une femme et de s'établir à
Dijon, où l'estime qu'il inspirait à tout

7*

le monde lui procurerait aisément un parti
avantageux. Jules le remercia, en souriant,
de son conseil, et lui répliqua que, se
trouvant heureux et tranquille avec sa
mère, il ne souhaitait point de se mettre
de si bonne heure en ménage; mais la vérité est que son inclination se trouvant, à
cet égard, fort peu en harmonie avec son
état, il aimait mieux ne jamais se marier
que d'épouser une fille sans éducation. Le
serrurier, ne soupçonnant point ce motif,
et qui avait deux jolies filles à pourvoir,
ne cessa de l'entretenir sur ce sujet jusqu'à leur arrivée au château.

Cette habitation, bâtie d'une manière
imposante, et précédée d'une longue ave-
nue, appartenait à une riche veuve appe-
lée madame de Saint-Romain, que le ser-

rurier dépeignit à Petit-Jules sous des cou-
leurs assez défavorables. Il la représenta
comme une personne triste et farouche,
qui, depuis nombre d'années, fuyait toute
espèce de société, et vivait d'une manière
étrange, que le serrurier ne fit aucune difficulté d'attribuer à l'avarice. Quant à la
grille qu'ils venaient poser, elle était destinée à fermer une petite enceinte plantée
de tilleuls et d'arbustes fleuris, au milieu
desquels s'élevaient deux mausolées enri-
chis de sculptures et d'inscriptions. Petit-
Jules ne put se trouver dans cet asyle funèbre sans ressentir un respect religieux,
et il en troublait à regret le silence par les
coups de marteau qu'il était obligé de
donner pour exécuter son travail. Il s'ap-
procha des monumens, afin de lire les ins-

criptions. L'un était consacré à l'époux de
madame de Saint-Romain, l'autre à un
fils qu'elle avait perdu en bas âge. Quoique la date de l'année où ces personnes
étaient mortes fût assez ancienne, deux
couronnes fraîches, consacrées à leurs
mânes, prouvaient la constance des regrets de l'infortunée qui les avait perdus ;
et cette circonstance inspirait à l'orphelin
de l'intérêt pour elle, malgré les préventions désavantageuses que le serrurier venait de lui donner de son caractère. Ils
travaillèrent jusqu'à l'heure du dîner sans
voir personne que les domestiques, qui
tous étaient dans le château depuis plusieurs années. L'un d'entre eux, âgé de
plus de soixante-dix ans, y avait passé
presque toute sa vie, et se flattait d'y fi-

nir ses jours auprès de sa maîtresse, dont il ne parlait, d'ailleurs, qu'avec vénération. Petit-Jules lui ayant adressé quelques questions au sujet des deux mausolées, le vieux serviteur leva les yeux au ciel :

— Jamais, répondit-il, on n'entendit parler d'une douleur si profonde et si soutenue. Je m'étonne seulement que ma pauvre maîtresse ait eu la force de résister à ses chagrins. Elle y aurait succombé sans doute, si un ange n'était venu les adoucir en mêlant ses pleurs avec les siens. Cet ange, c'est mademoiselle Palmyre, la nièce de madame, et son unique compagnie depuis dix ans. Cette aimable jeune personne a préféré la tristesse de sa tante aux divertissemens qu'elle pourrait trouver dans la maison de son père, l'un des plus riches particuliers de Dijon. Elle passe ses belles années, renfermée dans cette campagne, conformant ses goûts à ceux d'une personne de près de soixante ans, et ne prenant d'autres plaisirs que ceux qu'elle goûte à adoucir les regrets de son inconsolable tante, ou à faire en secret du bien aux malheureux.

PETIT-JULES, avec transport.

Ah! que vous avez bien raison d'appeler cette demoiselle un ange! Mais comment votre maîtresse ne craint-elle pas d'abuser d'un si parfait dévouement? Des regrets éternels sont-ils dignes d'une personne raisonnable, et la religion ne nous donne-t-elle pas des espérances propres à adoucir la rigueur de pareilles séparations?

LE DOMESTIQUE.

Il y a des circonstances qui aggravent tellement les maux, qu'il semble que la raison, ni même la religion, n'y fassent rien. J'ai vu tout cela, moi, qui vous parle, et je suis encore tout troublé de cette désolation, quoiqu'il y ait bien dix-sept à dix-huit ans que ces choses soient arrivées. Mme de Saint-Romain, après vingt ans de mariage, lorsqu'elle ne comptait plus, depuis long-temps, sur la douceur d'être mère, donna le jour à un fils. Jugez de la joie de ces tendres époux! Jugez-en par l'excès de l'affliction dont ma pauvre maîtresse continue d'être accablée! Je ne vous parlerai point des soins et de la sollicitude dont le nouveau né fut l'objet, vous les imaginerez sans peine. Ce château ne paraissant pas dans une situation assez salubre, on envoya l'enfant dans une métairie voisine, où sa mère, renonçant à ses habitudes et aux commodités de sa maison, alla demeurer avec la nourrice. Six mois après la naissance de son fils, M. de Saint-Romain fut atteint de la maladie de la pierre, et ses souffrances devinrent si cruelles que, malgré l'avis de ses médecins, il résolut d'aller se faire opérer à Paris. Il avait un neveu qu'il avait élevé et regardé long-temps comme son héritier. La naissance du jeune Alfred détruisit, de ce côté, les espérances de M. de Sosthènes, ainsi se nommait ce neveu; mais elle ne le priva point de l'amitié de son oncle, auprès duquel il continua de demeurer avec autant de liberté qu'autrefois. Il l'aurait même accompagné dans son voyage, si ma maîtresse, qui ne voulait point abandonner son mari dans un si grand danger, et qui n'osait emmener son fils, de peur de compromettre sa santé, n'eût prié M. de Sosthènes de demeurer au château pour surveiller la nourrice. Le petit enfant jouissait alors d'une vigueur propre à la tranquilliser sur ses jours. J'accompagnai mes maîtres à Paris. M. de Saint - Romain, malgré tout le courage avec lequel il la supporta, succomba à une opération si douloureuse. Son corps n'était pas encore refroidi, qu'une lettre de M. de Sosthènes annonça à la malheureuse veuve la mort de son fils, qu'une colique soudaine venait d'enlever en

moins d'une heure. Ces deux coups, si
rapprochés, lui causèrent une telle im-
pression qu'elle en perdit la raison pendant quelques jours. Elle ne la recouvra
ensuite que pour s'abandonner à une douleur inexprimable, qui devint sombre et
concentrée. M. de Saint-Romain, prévoyant sa triste destinée, avait demandé
à être inhumé dans ce château, qu'il af-
fectionnait, quoiqu'il appartînt à son
épouse. Ma maîtresse fit déterrer le cer-
cueil de son fils, qu'on avait déposé dans
le cimetière de la paroisse, et, le plaçant
à côté de celui de son époux, elle leur
consacra une espèce de culte. Le petit enfant était mort avant son père, les biens
de celui-ci devinrent le partage de M. de
Sosthènes; mais cette perte toucha peu

ma maîtresse. Ses propres biens sont plus que suffisans pour une personne qui ne s'occupe que de sa douleur.

Petit-Jules que ce récit avait singulièrement intéressé, voyant le repas près de finir, se leva tout pensif, et retourna à son ouvrage, sans attendre son compagnon. Il vit une jeune personne, parfaitement belle, agenouillée entre les deux monumens. Sa mise élégante lui fit deviner que c'était mademoiselle Palmyre, et le souvenir de ce qu'on venait de lui apprendre à son sujet lui causa une émotion extraordinaire. Il la vit cueillir deux roses qu'elle déposa sur les tombeaux, puis se retournant pour s'en aller, et, apercevant Petit-Jules, elle vint à lui, en rougissant d'avoir été surprise.

— Monsieur, lui dit-elle d'un son de voix charmant, aurez-vous bientôt achevé cet ouvrage ?

PETIT-JULES.

Je ne pense pas, Mademoiselle, qu'il puisse l'être avant la nuit.

PALMYRE.

Eh bien, je vous conjure de vous retirer au coucher du soleil. C'est l'heure à laquelle ma pauvre tante vient ici, elle serait contrariée d'avoir des étrangers pour témoins de sa douleur.

PETIT-JULES.

Mademoiselle, vous serez obéie.

PALMYRE avec bonté.

Ne prenez point en mauvaise part la recommandation que je vous fais. Je crains que cela ne vous contrarie en reculant la fin de votre ouvrage ; mais les personnes malheureuses méritent des égards.

Petit-Jules s'inclina respectueusement en signe d'obéissance. Palmyre fit quelques pas, et, revenant à lui :

— Il me reste encore une demande à vous faire, reprit-elle. Les personnes de votre profession ont assez souvent coutume de chanter en faisant leur travail ; mais je vous invite à considérer le lieu où vous êtes, et à vous souvenir du respect que l'on doit à ces pauvres cendres.

PETIT-JULES.

Moi ! chanter !... rassurez-vous, Mademoiselle, quoique je ne sois qu'un ouvrier,

8*

je connais assez les bienséances pour n'avoir pas besoin de me contraindre à cet égard.

Palmyre lui sourit avec bienveillance et se retira. Petit-Jules la suivit des yeux, tant qu'il put l'apercevoir, et les propos que le serrurier lui avait tenus pendant la route lui revenant à l'esprit, il soupira et se dit en lui-même.

— C'est une épouse comme cette jeune personne, une femme ornée de tous les avantages que la nature et l'éducation répandent sur son sexe, qui ferait mon bonheur; mais l'injuste fortune, en me cachant mon origine pour me faire vivre dans l'obscurité, me défend d'aspirer jamais à une félicité si désirable.

Jules fit part au maître serrurier de la

recommandation de la demoiselle, et tous
deux, dociles à ses ordres, abandonnèrent
leur ouvrage au coucher du soleil; mais
Jules, ne pouvant se défendre de la curiosité de connaître madame de Saint-Romain, s'échappa sans rien dire, et retourna se cacher aux environs de la grille.
Les deux dames ne tardèrent pas à pa-
raître. La veuve, appuyée sur le bras de
sa nièce, marchait d'un pas majestueux.
Ses traits avaient une grande noblesse,
que relevait encore son costume de veuve,
malgré qu'il fût d'une extrême sévérité.
Elles firent ensemble leur prière au pied
des tombes, puis madame de Saint-Romain
se relevant, demeura un moment dans une
sombre méditation, leva les yeux au ciel,
et prononça à haute voix ces paroles :

— Chers objets de ma tendresse, il faut donc encore vous quitter! C'est en vain que je soupire après l'heure de notre réunion, le ciel semble me punir de mon impatience en prolongeant une vie qui m'est odieuse; mais les années ont beau se succéder sur ma tête, vous êtes toujours présens à ma mémoire. O mon époux! comment oublierai-je le temps de notre heureuse union, et toutes les marques de tendresse dont vous m'avez comblée! et toi, mon cher fils, ton image ne s'effacera jamais de mon souvenir. Je te vois avec tes grâces naïves, tes traits délicats. J'entends encore ta douce et faible voix, essayant de balbutier mon nom que je te répétais sans cesse...!

Elle cacha son visage dans son mou-

choir, et de profonds gémissemens s'exha-
lèrent de sa poitrine oppressée. Palmyre
l'entoura de ses bras, la serra contre son
cœur, et, l'attirant ensuite avec une tendre violence, s'efforça de l'emmener. Petit-Jules, qui s'était avancé pour mieux
entendre les paroles de la dame, en fut si
attendri, que, sans penser à se cacher
d'elle, il demeura à la même place. Palmyre, offensée de sa hardiesse, la lui reprocha d'autant plus vivement, qu'elle en
craignait l'effet pour sa tante. Cependant
madame de Saint-Romain s'en montra plus
surprise qu'irritée. La sensibilité qui se
peignait sur le visage du jeune ouvrier lui
fit trouver grâce à ses yeux; elle s'empressa de l'excuser.

— Ne te fâche point, Palmyre, lui dit-elle, ce pauvre jeune homme est tout en pleurs; sans doute, il n'avait point dessein de nous offenser.

Petit-Jules mit un genou en terre devant madame de Saint-Romain, en lui demandant pardon de son indiscrétion.

— C'est bien, c'est bien, interrompit la veuve; remettez-vous, mon ami, et que le ciel vous préserve des malheurs qui me sont arrivés.

Les dames continuèrent leur chemin, et Petit-Jules, après s'être promené quelques momens pour se remettre du trouble où il était, retourna au château, qu'il abandonna le jour suivant pour reprendre la route de Dijon.

∿∿∿∿∿∿∿∿∿∿∿∿∿∿∿∿∿∿∿∿∿∿∿∿∿

CHAPITRE XIV.

Où il est question d'une personne qui a déjà
figuré dans cette histoire.

———

C'EST un véritable malheur de se trouver des goûts et des sentimens peu con-
formes à son état. Il faut même s'en défendre comme d'un travers indigne d'un
esprit raisonnable, et qui n'est pas sans
danger de corrompre les mœurs de celui
qui s'y abandonne lâchement. Cependant
on est obligé de convenir que Petit-Jules
n'était pas sans excuse à cet égard. Le
mystère de sa naissance et le peu qu'il en
savait lui donnaient également le droit de
penser qu'il n'était pas à sa place, et que

peut-être un heureux hasard l'y remet-
trait quelque jour. L'intérêt que lui avait
inspiré la belle Palmyre ne faisait qu'augmenter ses chagrins et ses inquiétudes, il
souhaitait ardemment de se trouver dans
une position qui le rapprochât d'elle.
Benjamin lui reprocha de se livrer impru-
demment à des espérances si incertaines,
et dont le mécompte n'était propre qu'à
le rendre de plus en plus malheureux.

Préoccupé des sages réflexions de son
ami, Petit-Jules sortait un matin de l'allée
profonde et obscure qui servait d'entrée
à leur modeste logement, lorsqu'une
femme, assise sur la borne voisine, lui
tendit la main, en lui disant d'une voix
affaiblie, qu'elle n'avait rien mangé depuis le matin précédent. Ses traits, altérés

par le besoin, frappèrent le jeune serrurier, il reconnut en elle Fiorentina. L'état
de cette infortunée, couverte de haillons,
ne lui permettait plus de se souvenir de
ses vices. Il lui fit signe de le suivre, et,
remontant avec elle dans sa petite chambre:

— Ma mère, dit-il à Isabeau, je vous
prie de faire chauffer le reste de ce bon
bouillon que vous eûtes l'attention de
me faire hier pour me guérir de mon
rhume; cette malheureuse femme meurt
de faim, cet excellent bouillon lui rendra
des forces.

Puis, se penchant à l'oreille d'Isabeau,
il lui apprit qui était cette étrangère, en
ajoutant qu'il n'irait point ce jour là à son
atelier, afin de ne pas la laisser seule avec
elle. Le premier mouvement de la veuve

Aubert fut de jeter sur Fiorentina un re-
gard de colère et de mépris ; mais l'aspect
de sa profonde misère changea son res-
sentiment en compassion, et elle se hâta,
autant que son âge le lui permettait, de
seconder les charitables desseins de Petit-
Jules. Pendant ce temps, Fiorentina, les
yeux baissés et la tristesse sur le front,
se chauffait en silence dans le coin du
foyer. Elle but avidement le bouillon
qu'on lui présenta, et mangea, quelques
momens après, d'une nourriture plus sub-
stantielle ; car ses hôtes, de peur que ce
repas, succédant à un long jeûne, ne lui
devînt funeste, avaient jugé à propos de
prendre ces précautions. Isabeau s'était
procurée une bouteille de vin au prochain
cabaret, et quoiqu'il ne fût pas sans doute

du meilleur que produit la Bourgogne,
Fiorentina en accepta un verre avec beaucoup d'empressement. Elle disait peu de
choses, se contentant de remercier à demi-
voix ceux qui la soulageaient dans sa misère, lorsqu'elle entendit prononcer le
nom de Petit-Jules. Fiorentina tressaillit,
regarda plus attentivement celui qu'on
appelait ainsi, et laissa échapper une ex-
clamation qui prouva à l'orphelin qu'elle
le reconnaissait, ou plutôt qu'elle croyait
le reconnaître, car les années avaient dû
opérer en lui de grands changemens.

— Vous ne vous trompez pas, Fiorentina, lui dit-il, je suis ce même Petit-Jules
à qui vous avez appris votre métier, et
cette respectable femme dont les soins
vous conservent aujourd'hui la santé, est

la même à laquelle vous m'avez enlevé.

Fiorentina, honteuse, baissa la tête sur son sein, et se mit à pleurer sans lui répondre.

— Je ne vous dis point ceci, continua Jules, pour augmenter votre confusion ; mais souvenez-vous-en afin de ne point vous rendre coupable, à l'avenir, d'une pareille faute, car c'en est une bien grande d'enlever à leurs familles de pauvres enfans, pour les élever dans toutes sortes de vices.

— Si j'ai fait des fautes dans ma vie, répondit Fiorentina, j'en suis bien punie à cette heure. Mon mari, mes enfans et mes associés ont été mis en prison pour plusieurs années, je me trouve seule, sans argent, sans pain, sans savoir comment, engager, et peut-être exposée à perdre aussi ma liberté, si je suis reconnue pour la femme de Brigace.

Isabeau lui demanda si elle n'avait point d'amis, ou de parens auprès desquels elle pût se retirer. Fiorentina répliqua qu'elle avait à Paris une sœur assez à son aise, mais que, n'ayant jamais voulu écouter ses conseils, elle n'osait recourir à ses bontés, et comme la veuve Aubert lui témoigna quelque curiosité d'entendre le récit de ses aventures, la femme de Brigace, d'ailleurs trop bien connue de ses hôtes pour chercher à leur en imposer, ne fit aucune difficulté de la satisfaire.

— Quoique je sois née, poursuivit-elle, dans la même profession que j'exerce aujourd'hui, il n'a cependant dépendu que

9*

de moi d'en embrasser une plus sûre et plus
honorable ; mais la fatalité de mon étoile,
ou plutôt mes mauvaises inclinations, me
poussèrent à préférer toujours ce qui m'é-
tait le plus désavantageux. J'avais quinze
ans, et ma sœur quatorze, lorsque notre
mère, attachée à une troupe de sauteurs, nous prit un jour toutes les deux
et nous emmena vers un village situé
aux environs de Paris. En marchant nous
nous aperçûmes qu'elle pleurait.

— Qu'avez-vous, ma mère, lui deman-
dâmes-nous, un peu alarmées ? pourquoi
ces larmes qui coulent de vos yeux ?

— Si vous saviez où nous allons, nous
répondit-elle, vous ne seriez pas surprises
de les voir.

Et comme elle vit que la frayeur s'empara de nous à ces paroles, elle reprit :

— Venez, venez, mes filles, il n'y a aucun danger à courir. Je vous conduis parmi mes parens. Ce village que voilà devant nous, c'est celui où je suis née. Si je pleure, c'est que je ne puis m'empêcher d'être attendrie par le souvenir de ma jeunesse. Hélas ! une étourderie me fit abandonner ces lieux à l'âge de dix-huit ans, et je n'ai pas osé y revenir depuis ce temps là, car j'avais un père sévère, dont je redoutais l'indignation ; mais j'avais aussi un frère qui m'a toujours témoigné de l'amitié, et je ne puis résister au désir de le revoir.

Nous arrivâmes dans le village ; c'était un jour de fête, les offices venaient de finir. Les habitans se rassemblèrent sous

de vieux ormeaux, les vieillards et les
hommes mariés pour s'entretenir grave-
ment ensmeble, les jeunes gens et les jeunes
filles pour danser au son du tambourin.
Tout le monde avait un air paisible et content. Notre mère s'étant informée de son
frère, on lui montra un homme d'un visage
vermeil, assis au milieu de plusieurs enfans, tous bien vêtus, et l'air aussi agréable
que leur père. Elle voulut s'approcher de
lui ; mais son émotion augmenta tellement
que, ne pouvant plus se contenir, et n'o-
sant se faire connaître devant tant de témoins, elle nous emmena derrière un
buisson, où elle put soulager son cœur en
liberté en donnant passage à ses larmes.

Cependant, quelqu'un ayant remarqué
son attendrissement, le rapporta à Pierre

Morel, notre oncle ; il eut quelques soup-
çons de la vérité , se leva aussitôt de sa
place , et, s'avançant vers nous ,

— Je suis Pierre Morel, dit-il à ma
mère, quelqu'un m'a dit que vous sou-
haitiez de me parler, me voici prêt à vous
entendre.

Ma mère voulut faire un effort , ses
sanglots l'en empêchèrent.

— Hélas ! reprit Pierre Morel, que
dois-je penser de l'état où je vois..... plus
je vous regarde, plus il me semble vous
reconnaître..... seriez-vous en effet ma
sœur..... Jeanne, si c'est toi, ne me laisse
pas plus long-temps dans le doute.

Jeanne, pour toute réponse, se leva pré-
cipitamment et se jeta dans ses bras.
Alors Pierre Morel pleura à son tour, et

tous deux confondirent un moment leurs
embrassemens et leurs larmes. Ma sœur et
moi nous partagions leur attendrissement.
Enfin, mon oncle prenant la parole, nous
dit que ce lieu n'était guère propre à une
pareille reconnaissance, et qu'il allait nous
conduire dans sa maison. Il nous y mena
par des sentiers détournés, pour nous
soustraire à la curiosité des habitans. Elle
était propre, bien rangée et garnie des
meubles nécessaires. Ma mère, en jetant
les yeux autour d'elle, le félicita sur
l'aisance dont il paraissait jouir.

— Il faut, lui dit-elle en souriant, que
tu ayes déterré quelque trésor, puisque
notre père ne possédait rien que ses deux
bras.

Pierre Morel lui répondit :

— Ce sont aussi mes deux bras qui m'ont acquis ce que je possède, car, vois-tu, ma sœur, il n'y a point de trésor plus avantageux que le travail. J'ai fait des entreprises qui m'ont bien réussi, je n'y ai épargné ni ma patience ni ma peine, et Dieu m'a fait la grâce de soutenir mon père dans sa vieillesse. Je me suis marié à une veuve riche, nous avons vécu ensemble pendant quinze ans dans une parfaite union, après quoi Dieu me l'a ôtée; mais il me reste de bons enfans, dont l'affection me console de la perte de leur mère. Voilà, Jeanne, dans quelle situation je suis, apprends-moi à ton tour l'état de tes affaires.

Ma mère, à cette question, baissa les yeux d'un air confus.

— Il s'en faut bien, lui répliqua-t-elle, que j'aye aussi bien employé mon temps que tu l'as fait, c'est pourquoi je ne mène qu'une vie assez misérable. Ah! si j'étais encore dans la force de ma jeunesse, combien je me hâterais d'abandonner cette vie errante, sans profit et sans honneur, pour me livrer ici à un travail utile! mais il est trop tard maintenant.

Elle lui expliqua enfin quelle profession elle avait embrassée. Pierre Morel en parut extrêmement mortifié. Il avait vu quelquefois des troupes de baladins dans les marchés où il conduisait son bétail, et se rappelait qu'on n'en parlait jamais qu'avec mépris. Sa sœur fut obligée de convenir qu'ils ne le méritaient que trop.

— Ma sœur, reprit-il, il me semble

qu'il est toujours temps de cesser de mal faire et de se retirer de la compagnie des méchans. Je t'offre de demeurer dans ma maison avec tes filles, elles sont jeunes, nous les accoutumerons au travail, et quant à toi, tu feras ce que tu pourras pour nous aider dans le tracas du ménage.

Ma mère accepta sa proposition; mais elle lui dit qu'étant engagée dans une troupe, elle ne pouvait se retirer que dans un an, qu'à cette époque, elle viendrait avec joie finir ses jours sous sa protection....

— Pour mes filles, poursuivit-elle, rien ne s'oppose à ce qu'elles profitent tout de suite de ta bonne volonté. Je ne négligerai pas une si heureuse occasion de les soustraire aux mauvais exemples, et je

te les confie, mon cher frère, afin que tu
les élèves comme tes propres enfans.

Mon oncle approuva fort ce parti, qui
lui paraissait garant d'ailleurs de la sincé-
rité de notre mère. Elle passa deux jours
dans le lieu de sa naissance, après quoi
elle s'en alla rejoindre ses camarades, en
nous promettant de revenir le plus tôt qu'il
lui serait possible.

Ma sœur, nommée Zerbine, n'eut aucune peine à se faire au nouveau genre de
vie que mon oncle nous imposa. Elle s'y
livra même avec un véritable plaisir. Les
occupations de la campagne lui paraissaient charmantes; elle devançait les autres au travail, se montrait vigilante et at-
tentive à exécuter les ordres qu'on lui
donnait, et comparait sans cesse cette vie

libre et innocente à la vie honteuse et contrainte que nous avions menée jusque-là. J'en fus d'abord moi-même assez contente dans les premiers temps, c'est-à-dire tant qu'on me laissa vivre à ma fantaisie ; mais sitôt qu'on s'avisa de m'assujettir à quelque travail, je ne fis plus que me plaindre de mon sort et regretter celui que j'avais auparavant. Ma sœur me représentait en vain la nécessité de vaincre ma paresse; elle me montrait l'exemple de toute une famille, et m'engageait à prendre mon parti de bonne grâce, puisqu'aussi bien notre mère ayant l'intention de se retirer aussi dans ce pays, je n'avais plus le choix de vivre ailleurs. Tout cela ne me persuadait point. Ce fut bien pis lorsque mon oncle nous manifesta son projet de nous

mettre en apprentissage à Paris, chez une
de ses parentés, qui était couturière en
robe. Quoiqu'il eut la bonté de s'attacher
à nous faire sentir tous les avantages que
nous devions en retirer un jour, ma sœur
fût la seule à lui en savoir gré. Pour moi,
je ne fus frappée que de l'ennui de passer
ma jeunesse dans une si grande assiduité.
J'attendais impatiemment le retour de ma
mère, dans l'espérance qu'elle me dispen-
serait d'une chose pour laquelle j'avais tant
d'aversion, quand nous vîmes arriver à sa
place une vieille femme de la troupe, nommée Benoite, qui était la mère de Brigace.
Elle nous aborda, ma sœur et moi, d'un air
extrêmement triste, des pleurs même cou-
lèrent de ses yeux en nous embrassant.
Elle nous apprit que notre mère s'était

tuée en tombant de dessus une corde ten-
due, au milieu d'un exercice public. Nos
cris ayant averti notre oncle de ce malheur; il donna aussi des larmes à une sœur
qu'il aimait, et près de laquelle il avait
espéré de finir ses jours. Ensuite, nous
embrassant l'une et l'autre avec tendresse,
il nous promit de ne jamais nous abandonner.

—Oui, mes chères nièces, continua-t-il,
je vous servirai de père. Vous savez déjà
que mon intention est de vous placer toutes
les deux chez ma respectable parente, pour
qu'elle vous apprenne son état. J'attendais
le retour de ma pauvre sœur pour exécuter ce dessein; mais puisque nous ne devons plus la revoir, ni vous ni moi, je ne dif-
férerai pas davantage de vous faire ce bien.

Benoite nous dit que nous étions bien heureuses d'avoir pour protecteur un oncle si généreux; elle nous exhorta à nous rendre dignes de ses bontés; mais, fort éloignée de ce sentiment, je la pris en particulier pour lui faire mes plaintes, et la conjurer de m'emmener avec elle, préférant le métier de ma mère à toute autre profession. Elle fut bien étonnée de m'entendre parler ainsi.

— Y pense-tu ? me dit-elle ; ne sais-tu pas toi-même combien notre sort est misérable ! Sans parler du mépris avec lequel on nous traite, et que la plupart d'entre nous ne méritent que trop, il nous faut vivre comme des vagabonds, au milieu des fatigues et des dangers, parmi des voleurs et des ivrognes, qui ne nous épargnent pas les injures, en risque tous les jours de nous rompre les bras ou les jambes, et d'aller languir dans un hôpital, ou bien de nous casser le cou, comme il est arrivé à ta mère. N'est-il pas plus doux et plus honorable de demeurer tranquillement dans sa maison, occupé d'un travail lucratif et sans péril? et peut-on regretter un peu de gêne et d'application dont les résultats seront si avantageux?

Mon obstination résistant à tous ses discours, elle finit par me dire que ma jeunesse était mon excuse, mais que tôt ou tard je reconnaîtrais moi-même qu'elle me rendrait un mauvais service en consentant à m'emmener, et qu'ainsi je ne devais point compter sur une pareille complaisance de sa part. Alors je pris la

résolution de la suivre malgré elle, sans
en rien dire à personne. Elle était déjà à
plus de deux lieues du village quand je la
joignis sur la route. Benoite se fâcha et
voulut me renvoyer.

— Quand vous devriez me tuer sur la
place, lui répondis-je, je ne m'en retour-
nerai pas; je ne veux pas aller en apprentissage.

— Eh bien! me répliqua-t-elle, puisque tu veux être malheureuse, accomplis
donc ta mauvaise destinée; mais souviens-
toi que tu en pleureras un jour.

Hélas! continua Fiorentina, cette pré-
diction n'a été que trop vraie. J'ai regretté
bien des fois de n'avoir point suivi l'exemple de ma sœur, et maintenant j'en ai
plus de sujet que jamais; mais alors je ne

fis aucune attention à cet avertissement.
Environ six ans après, le hasard m'ayant
fait rencontrer Zerbine à Paris, nous ne
nous fûmes pas plutôt reconnues, qu'elle
m'accabla de caresses. Cette bonne fille
avait eu beaucoup de chagrin de ma fuite.
Son apprentissage était fini depuis deux
ans; elle était devenue à son tour maîtresse couturière, et avait déjà un grand
nombre de pratiques. Elle m'emmena dans
son appartement, qui était propre et bien
meublé, et où je vis plusieurs jeunes
ouvrières occupées à coudre pour son
compte.

— Ma chère sœur, me dit Zerbine, je
suis très-heureuse ici, et j'ose dire, bien
vue de tout le monde. Je dois mon bonheur
à mon oncle Pierre Morel, qui accueillit

autrefois si généreusement notre mère et
nous-mêmes. Tu sais qu'elle avait dessein
de quitter sa dangereuse profession pour
accépter les offres de son frère, et qu'elle
l'aurait fait, sans doute, si la mort n'eût
mis un empêchement à ce projet. Je te fais
de bon cœur la même proposition; quitte
ton métier, pendant que tu es encore
jeune, viens demeurer avec moi; je t'enseignerai ce que j'ai appris.

— Serait-il possible, s'écria Isabeau,
que vous eussiez encore méprisé un parti
si avantageux, et que l'amitié d'une si
tendre sœur n'eût trouvé en vous qu'une
ingrate!

— Il n'est que trop vrai, répondit Fiorentina en baissant les yeux. Outre mon
dégoût pour le travail qu'elle me propo-

sait, j'étais encore dominée par mon inclination pour Brigace, que j'étais à la veille d'épouser. Je n'ai pas besoin de vous dire comment nous avons vécu depuis ce temps-là ; Petit-Jules n'en est que trop bien instruit : mais vous en savez assez pour juger vous-même si j'ai le droit de recourir aux bontés de ma sœur, et si je ne suis pas le propre artisan des malheurs qui menacent ma triste vieillesse.

Isabeau et son fils ne purent se dissimuler qu'elle ne méritait guère d'être plainte, puisque le goût de la paresse et du libertinage lui avait fait préférer un métier honteux à l'affection d'une famille honnête, mais pourtant ce récit leur faisait connaître Zerbine sous des rapports si avantageux, qu'ils n'hésitèrent point à conseiller à Fiorentina de se rendre auprès d'elle, persuadés qu'en la voyant si malheureuse, elle oublierait encore une fois son ingratitude et lui donnerait tous les secours qui dépendraient d'elle. Cette espérance releva le courage de Fiorentina. Ses généreux hôtes, non contens de l'avoir rétablie par des soins et une bonne nourriture, de lui avoir donné des vêtemens pour se couvrir, lui firent encore une petite somme pour lui faciliter son voyage. Le spectacle si frappant de gens qui lui rendaient le bien pour le mal, toucha son cœur et la disposa à se conduire désormais d'une manière plus régulière que par le passé.

CHAPITRE XV.

Aventure mystérieuse qui arriva à Petit-Jules, et
quelles en furent les suites.

———————

Il est bien difficile à quelqu'un qui a
été vicieux toute sa vie, de rentrer tout-
à-coup dans les voies de l'honnêteté; mais,
si quelque chose est capable de déterminer
un pareil changement, c'est, sans contre-
dit, les bons exemples que donnent les
gens de bien. Ils sont beaucoup plus ef-
ficaces que les préceptes, parce que les
méchans n'ignorent point qu'il est plus
aisé de prêcher que de pratiquer la vertu.
Les louables dispositions dans lesquelles

11

se trouvait Fiorentina en quittant Dijon
pour se rendre à Paris, ne s'évanouirent
point pendant le voyage. Elle retrouva sa
sœur, qui la reçut, ainsi que Petit-Jules.
le lui avait fait espérer, avec autant d'in-
dulgence que la première fois. L'âge de
Fiorentina ne lui permettant plus d'apprendre à coudre, Zerbine lui acheta un
petit fonds de boutique, qui, tout mince
qu'il était, suffisait pour la faire vivre
honnêtement. Quand ses fils sortirent de
prison, ils allèrent la retrouver, et, con-
vertis à leur tour par le repentir de leur
mère, et la sagesse de leur tante, ils em-
ployèrent utilement le reste de leur jeunesse. Pour Brigace, il était mort pendant
sa captivité. Fiorentina, trop heureuse
de goûter un sort si doux, après tant

d'imprudences et de fautes, montra du
moins, par la reconnaissance qu'elle con-
serva des bons traitemens d'Isabeau et de
son fils adoptif, que son cœur n'était pas
fermé à toutes les vertus. Elle se fit un
devoir de les instruire de tout ce qui lui
arrivait, et de leur répéter souvent que son
changement et celui de sa famille étaient
le fruit de leurs conseils et de leurs exemples. Revenons maintenant à Petit-Jules.

Il était parvenu à la fin de sa dix-hui-
tième année, sans recevoir de nouvelles lu-
mières sur sa destinée, lorsque M. Evroul,
qui jusqu'alors avait placé avantageusement
pour l'intérêt de son pupille, le leg de
mille francs provenant de la succession du
curé, l'engagea à venir régler avec lui ses
affaires, que la loi lui accordait désormais

le droit de gérer par lui-même. L'orphelin
y consentit d'autant plus volontiers qu'il
éprouvait le désir de revoir cette respectable famille, et surtout son cher Benjamin. La seule chose qui l'inquiétât était
de déranger Isabeau, dont il ne voulait
pourtant pas se séparer, et qui commen-
çait à être d'un âge auquel on se déplace
difficilement. La bonne veuve le pria de
ne prendre à cet égard aucun souci, que
malgré sa vieillesse elle se portait à merveille, et se sentait en état de le suivre
jusqu'au bout du monde, si cela était né-
cessaire.

Un dimanche soir qu'ils se promenaient
hors de la ville, suivant leur coutume, en
s'entretenant de leur prochain départ,
Petit-Jules vit passer un homme qu'il re-

connut pour le prisonnier de Nevers. A la vue de ce personnage, le seul qui pût l'éclairer sur sa naissance, il sentit toutes ses espérances se ranimer, et, courant aussitôt sur ses traces, il le conjura de s'arrêter et de lui répondre.

— Que me voulez-vous? lui demanda-t-il brusquement.

PETIT-JULES.

Hélas! regardez-moi, et vous devinerez aisément ce que je souhaite de votre humanité. Je suis l'enfant que vous savez..... qui fut marqué d'une feuille de myrte.... je n'ai rien oublié de tout ce qui s'est passé entre nous à Nevers.

LE PRISONNIER, en souriant.

Puisque vous avez une si heureuse mé-

11*

moire, ne recommencez donc pas vos per-
sécutions. Elles seraient d'autant plus inutiles, que je n'ai point le temps de vous
écouter.

En disant ces paroles, il se mit à pres-
ser le pas ; mais Petit-Jules, résolu de ne
point l'abandonner, le suivit, en lui adressant les instances les plus vives, jusqu'à
ce qu'ayant perdu de vue Isabeau, ils
rencontrèrent un carosse et quelques la-
quais qui paraissaient attendre quelqu'un.
L'inconnu s'arrêtant alors, dit à Jules :

— Puisque vous voulez absolument
vous connaître, il faut vous satisfaire.
Montez avec moi dans ce carosse, et lais-
sez-vous conduire.

PETIT-JULES.

Dans ce carosse !.... et pourquoi ? A qui

appartient-il? que fait-il en ce lieu? ne vous suffit-il pas de me nommer mes parens?

LE PRISONNIER.

Je ne puis rien répondre à tout cela. Je vous ai dit mes conditions, c'est à vous de les accepter ou non; mais passé ce moment, vous ne me retrouverez plus.

PETIT-JULES.

Laissez-moi du moins aller prévenir Isabeau; voulez-vous que la nuit la surprenne sur le chemin?

LE PRISONNIER.

Je me charge de la faire tranquilliser sur votre compte, montez dans ce carosse ou recevez mes adieux.

L'alternative était cruelle. Si, d'un côté, la parole d'un homme qu'il avait connu sous des rapports très-défavorables, n'était guère digne de sa confiance, de l'autre il ne pouvait se résoudre à perdre une occasion peut-être unique de savoir enfin à qui il appartenait. Petit-Jules, après une courte hésitation, se jetant tête baissée dans les hasards qu'il pouvait courir, se précipita dans le carosse, après que le prisonnier eut donné l'ordre, en sa présence, d'aller dire à la veuve Aubert de n'être point inquiète de son fils adoptif, et qu'elle le reverrait le lendemain. On referma la portière du carosse, dont les fenêtres étaient fermées par des jalousies, de sorte que Jules ne pouvait voir où on le conduisait. Il ne manqua point de se récrier contre de pareilles précautions, qui lui parurent extraordinaires ; mais le prisonnier se contenta de lui répondre : Si cela vous déplait, vous êtes le maître de vous en aller ; mais aussi vous ne saurez jamais rien de votre sort.

Cette puissante considération l'emporta de nouveau, Jules se soumit docilement à tout et la voiture partit. Au bout de deux heures elle s'arrêta, il était tout-à-fait nuit, et les ténèbres tellement épaisses que l'orphelin, en mettant pied à terre, ne put distinguer aucun des objets qui l'environnaient, ni s'il était à la ville ou à la campagne. Le prisonnier de Nevers, n'ayant pour toute lumière qu'une lanterne sourde, pria Petit-Jules de le suivre. Ils traversèrent une cour, montèrent un escalier, et parvinrent à une chambre meublée avec goût, suffisamment éclairée par des bougies, et dans laquelle un bon lit, garni de rideaux de soie, paraissait préparé pour recevoir un hôte.

— Voilà votre chambre et votre lit, dit à Petit-Jules son guide mystérieux. Dans une heure on vous apportera à souper.

PETIT-JULES.

Assurément, si la fin de cette aventure répond aux apparences, je n'aurai point lieu de me repentir de m'être fié à vos promesses ; mais pourquoi me tenir plus long-temps en suspens? ne puis-je savoir où je me trouve ? si je suis chez mon père, que tarde-t-il à se faire connaître? A-t-on des raisons pour m'enve-

lopper de tant de mystère? ma présence
serait-elle ici désagréable à quelqu'un?

LE PRISONNIER DE NEVERS.

J'ai promis de me taire avec vous. C'est
d'une autre bouche que de la mienne
que vous obtiendrez enfin les éclaircissemens que vous désirez. On ne vous demande que d'être docile jusqu'à demain.
Votre rebellion à cet égard vous perdrait
peut-être pour jamais. Jurez-moi donc de
ne point sortir de cette chambre avant
demain.

Petit-Jules lui en donna sa parole, et
le prisonnier de Nevers le laissa seul,
livré à une foule de réflexions. Plus il y
pensait, moins il lui paraissait probable
que sa rencontre avec cet homme fût un

événement inopiné ; ce carosse qui s'était
trouvé là si à propos, l'adresse avec laquelle on l'avait éloigné de sa vieille com-
pagne, tout lui prouvait que cette aventure était préméditée, et il conclut de ce
grand mystère que ses parens ne pouvaient
le reconnaître publiquement, et qu'ainsi
il ne jouirait point de la douceur de vivre
librement avec eux. Cette supposition,
d'ailleurs assez naturelle, tempéra singulièrement la joie qu'il ressentait d'être,
selon toute apparence, à la veille de les
retrouver.

— O mon père ! ô ma mère ! se dit-il les
larmes aux yeux, et en regardant les meubles qui décoraient cette chambre, tout
m'annonce que vous êtes riches et d'un
rang élevé ; mais j'aimerais mieux que

vous n'eussiez d'autre demeure qu'une
chaumière, et qu'il m'y fût permis de
vous consacrer le reste de mes jours.

Une fort belle pendule ayant sonné neuf
heures, le prisonnier de Nevers et un domestique apportèrent une table toute servie, en invitant Petit-Jules à s'y placer.
Deux cailles rôties, une crême délicate,
quelques pâtisseries froides, et un ragoût
dont la fumée embaumait, le sollicitaient
encore plus vivement de faire honneur au
repas de son hôte. Aussi Petit-Jules, qui
était jeune et de bon appétit, prit-il le
parti de se mettre à table, et d'écarter
de son esprit mille conjectures, qui ne
servaient qu'à l'inquiéter, sans lui procurer aucune lumière.

— Je me suis engagé, se dit-il encore,

12

à attendre docilement une explication
qu'on me promet pour demain, pourquoi
une importune prévoyance me trouble-
rait-elle, en me faisant craindre des maux
qui n'existent peut-être pas? le bon accueil
que je reçois dans cette maison ne me pré-
sage rien que d'heureux.

Aussitôt après le souper, il se hâta de
se mettre au lit, appelant impatiemment
le sommeil, à l'aide duquel il espérait
arriver au lendemain, sans s'apercevoir de
la durée des heures; mais ce dieu capri-
cieux fuit ordinairement ceux qui le re-
cherchent, et Petit-Jules, malgré tous ses
efforts, avait l'imagination trop occupée
pour s'endormir. Il n'y réussit que lorsque la lassitude eut épuisé ses forces. A
son réveil, lorsqu'il voulut s'habiller, il

ne retrouva plus sa veste d'ouvrier, mais, à sa place, un vêtement complet de drap noir, tel que les jeunes cavaliers de famille ont coutume d'en porter. Sa surprise et sa joie en augmentèrent.

— N'en doutons point, s'écria-t-il, le voile qui me couvre va se déchirer aujourd'hui même, et ce changement de costume qu'on me prescrit est un gage assuré du changement de mon état.

Quoique les jalousies ne fussent point ouvertes, il y avait assez de clarté dans la chambre pour lui permettre de faire sa toilette. Accoutumé d'ailleurs à une mise commune, Petit - Jules n'avait aucunes prétentions; mais il ne put s'empêcher d'être satisfait de sa bonne mine sous ce nouvel habit, qui lui allait véritablement

à ravir. Sa toilette achevée, il courut ouvrir la fenêtre, et pensa se désespérer en
reconnaissant les dehors du château de
Saint-Romain. Il se frotta les yeux, exa-
mina plus attentivement les objets, et
demeura convaincu qu'il ne ne se trom-
pait pas. Toute sa confiance s'évanouit à
cette vue, ne trouvant nulle apparence
que l'espoir dont il s'était flatté pût se
réaliser dans cette maison, et la seule
explication qu'il pût donner à cette singu-
lière aventure, fut qu'on avait voulu se
moquer de lui. Il est vrai qu'un pareil
divertissement ne paraissait guère convenir au caractère de la dame du château;
mais peut-être ses valets se donnaient-ils
cette licence à son insu. Ce dernier soupçon mit Petit-Jules dans une telle colère,

qu'il était près de sortir de sa chambre pour s'aller plaindre à Mme de Saint-Romain, lorsque le prisonnier de Nevers se présenta devant lui. L'orphelin, le saisissant au collet, lui demanda avec indignation ce qu'il avait prétendu faire.

— Apprenez, continua-t-il, que je ne suis pas d'humeur à être joué plus long-temps, et que je réclamerai enfin des tribunaux la justice que vous me refusez. Dans quel but m'avez-vous amené ici?

— Monsieur, lui répondit le prisonnier de Nevers, d'un ton calme, il me semble que vous le savez aussi bien que moi, et pour vous prouver que je suis fidèle à ma promesse, je vous invite à descendre dans le salon, où madame votre mère vous attend.

12*

PETIT-JULES.

Ma mère! dites-vous......! quoi! Isabeau serait ici....? à qui appartient cette maison?

LE PRISONNIER DE NEVERS.

A vous-même, Monsieur.

PETIT-JULES.

Imposteur, osez-vous me répondre avec tant d'audace et ne craignez-vous pas que je ne vous fasse repentir de cette insultante ironie...... Je suis chez madame de Saint-Romain.

LE PRISONNIER DE NEVERS.

Monsieur, puisque vous n'ajoutez point de foi à mes paroles, daignez me suivre,

madame votre mère vous persuadera sans
doute mieux que moi.

Jules, dont l'agitation était au comble,
le suivit sans rien ajouter davantage. Ils
arrivèrent dans une belle salle, dont le
Prisonnier de Nevers lui ouvrit la porte,
en se rengeant respectueusement pour le
laisser passer. Madame de Saint-Romain
s'y trouvait avec Palmyre, assises l'une et
l'autre sur un canapé, le visage tourné du
côté de la porte, d'un air qui marquait
une extrême impatience.

— C'est lui! s'écrièrent-elles en même
temps, en apercevant Petit-Jules. Madame de Saint-Romain pâlit et se renver-
sa sur le canapé, comme si elle était
prête à s'évanouir. Palmyre lui ayant fait
respirer de l'eau de Cologne, elle se rani-

ma promptement, et , tendant les bras au
jeune serrurier, qui demeurait interdit
en sa présence :

— Venez, mon fils , mon cher fils ! vous
que j'ai pleuré si long-temps , venez dans
les bras de votre mère.

JULES, se précipitant à ses pieds.

— Vous, ma mère, en croirai-je mon
bonheur?

MADAME DE SAINT-ROMAIN.

Oui, je n'en saurais douter, vous êtes
mon fils; le barbare qui me sépara de
votre enfance m'a tout découvert, dans
un moment où le mensonge disparaît devant la vérité. Je vous expliquerai tout
cela, quand mon cœur sera un peu plus

calme, maintenant, je ne puis que sentir ma félicité ; mais croyez-en les transports d'une mère, et répondez-y avec une parfaite confiance.

PETIT-JULES.

Ah! croyez qu'il ne m'en coûtera rien de vous accorder les sentimens d'un fils; mais, au nom du ciel, prenez garde de me tromper par une illusion si flatteuse, je sens que je ne pourrais la perdre sans mourir.

Madame de Saint-Romain le rassura avec toute la tendresse imaginable. Elle était ravie de l'entendre s'exprimer avec une élégance et une facilité qu'elle ne s'attendait guère à rencontrer dans un jeune homme de sa profession, et admirait aussi

avec complaisance l'air agréable de toute
sa personne. Elle lui présenta Palmyre,
comme sa cousine, et l'objet qu'elle ché-
rissait le plus après lui, lui répétant, ce
qu'il savait déjà, qu'elle n'avait trouvé que
dans son affection quelqu'adoucissement à
ses ennuis. Jules adressa à la jeune demoiselle un compliment tendre et flat-
teur, qui fut reçu avec beaucoup de grâces,
et, se souvenant en ce moment des vœux
qu'il avait formés à son sujet, il sentit un
espoir secret se glisser au fond de son
cœur.

Les domestiques du château, instruits
que leur jeune maître vivait, et qu'il se
trouvait auprès de sa mère, attendaient
impatiemment dans l'antichambre qu'il
leur fût permis de le saluer. Qu'on se re-

présente leur étonnement en reconnaissant en lui le jeune serrurier qui était venu
travailler au château un an auparavant.
Ils admirèrent la singularité de sa fortune,
mais tous, satisfaits de ses manières nobles
et généreuses, convinrent qu'il était maintenant à sa véritable place.

Pendant que ces choses se passaient, on
vint avertir Petit-Jules qu'une bonne
vieille femme, toute en pleurs rodait aux
environs, en demandant des nouvelles de
son cher fils. Il ne douta point que ce ne
fût Isabeau, et s'empressa d'aller la consoler. Elle ne le reconnut point d'abord
sous ce nouvel habit, mais son erreur
ayant été bientôt dissipée, elle écouta
avec admiration ce qu'il lui raconta de sa
réunion avec sa véritable mère. Isabeau,

lui apprit à son tour comment elle se trouvait dans ces lieux. L'ordre qu'avait donné
à son sujet le prisonnier de Nevers ne fut
point exécuté, soit par la négligence, ou
qu'ont l'eût mal compris, de sorte que la
pauvre veuve attendit inutilement sur le
chemin le retour de son fils adoptif. A la
fin, inquiète de ne le point voir revenir, elle
marcha sur ses pas, en s'informant de lui
à ceux qu'elle rencontrait. Un mendiant
lui apprit que celui qu'elle cherchait venait de partir dans une voiture, dont il
lui fit même remarquer, sur le chemin, la
trace des roues. Isabeau, fort alarmée de
ce départ extraordinaire, se mit à suivre
ces traces, jusqu'à ce que le jour lui man-
quant tout-à-fait, elle se retira dans une
cabane bâtie au milieu d'une vigne, pour

mettre à l'abri ceux qui gardent les raisins, dans la saison, et y passa la nuit à pleurer. Dès que le matin parut, la veuve Aubert continua de suivre les traces du carosse, qui la conduisirent au château, où elle retrouva en effet son fils adoptif. Jules l'ayant amené à madame de Saint-Romain, en réclamant pour elle son amitié et sa reconnaissance, cette dame fit de tendres caresses à Isabeau, et lui dit avec beaucoup de sensibilité :

— Puisque votre bon cœur m'a conservé autrefois mon enfant, et que par là vous avez acquis sur son cœur des droits égaux aux miens, je veux que nous partagions ensemble son affection jusqu'à la fin de nos jours. Il n'y aura rien de changé pour vous,

vous demeurerez toujours dans la maison de votre fils adoptif , où je désire que vous jouissiez d'une parfaite liberté.

~~~~~~~~~~~~~~~~~~~~~~~~~~~~~~~~~~~~~~~

CHAPITRE XVI ET DERNIER.

Explication de quelques faits que le lecteur
aura peut-être devinés.

———

Si malgré les erreurs de sa jeunesse, le
caractère et la conduite de Jules, depuis
sa séparation d'avec la troupe de Brigace,
lui ont concilié l'estime et l'amitié de mes
jeunes lecteurs, ils se réjouiront sans
doute de le voir parvenu enfin à une félicité
durable. Pour moi, lorsque ses mémoires
me sont tombés entre les mains, je crai-
gnais fort que le secret de sa naissance ne
fût jamais découvert, et qu'il fût obligé
d'être serrurier toute sa vie. Cette crainte

était d'autant plus naturelle qu'on n'est tiré d'inquiétude que fort tard, et, pour ainsi dire, à la dernière page ; mais les détails qui suivent, les mêmes que Jules recueillit de la bouche de madame de Saint-Romain, de celle du prisonnier de Nevers, et de la belle Palmyre, prouveront qu'il n'était guère possible que le mystère se dévoilât plus tôt.

Le lecteur se souvient, sans doute, d'un M. de Sosthènes, neveu de M. de Saint-Romain, auquel la mère de Jules le confia en partant pour Paris avec son époux malade, selon le récit qui en a été fait au héros de cette histoire, par un vieux domestique du château. Ce que ce dernier ne savait pas, c'est que Sosthènes, ambitieux et perfide, ne pouvait se consoler de la naissance tardive de cet enfant, qui était venu lui enlever le bel héritage de son oncle. Il sentait surtout son chagrin s'augmenter dans ce moment où M. de Saint-Romain touchait aux portes du trépas, car les médecins avaient déclaré qu'il ne survivrait pas à l'opération qu'il s'obstinait à vouloir hasarder. Il avait pour domestique le mari de la nourrice de Jules, homme hardi, entreprenant, prêt à tout risquer pour s'enrichir. Il lui fit part de son projet de se défaire de l'enfant de son oncle, non en lui ôtant la vie, mais en le séparant de sa famille pour le faire tomber entre les mains de quelque personne pauvre et obscure, qui l'éleverait dans l'ignorance et la bassesse. Le domestique, nommé Duclos, promit à son maître de

13*

le servir à souhait. Ce ne fut cependant
pas sans peine qu'ils séduisirent la nourrice, son attachement pour son nourris-
son l'empêchant de vouloir se prêter à cet
indigne complot; mais à la fin son mari la
persuada. Elle feignit donc que le petit
enfant était mort pendant la nuit, d'une
colique; on ensevelit un simulacre, et
chacun joua si bien son rôle, que personne n'en conçut le moindre soupçon. Il
est vrai que la fraude était facile, au milieu d'une campagne isolée. La nourrice,
avant de se séparer de Jules, qu'on appelait alors Alfred, voulut absolument le
marquer. Elle le demanda avec tant d'instances et de larmes, elle fit de si fortes
promesses de n'en jamais ouvrir la bouche, que M. de Sosthènes, ne voulant point

lui refuser cette satisfaction, dessina lui-même sur la jambe gauche de l'enfant une feuille de myrte dont l'empreinte demeura ineffaçable.

Cette opération achevée, Duclos emporta l'enfant dans une corbeille, avec un rouleau de vingt-cinq louis, qu'il eut la probité de ne point soustraire. Cet homme était des environs de Sens, du même village que Joseph, dont il était un peu parent, et qu'il connaissait pour le plus brave cultivateur de cette contrée. Ce qu'il en dit à M. de Sosthènes détermina ce dernier à faire en sorte que l'enfant lui tombât entre les mains, désirant, pour le repos de sa conscience, que sa victime ne fût point malheureuse. On fit prendre à Jules quelques cuillerées d'un sirop légèrement narcotique, qui le plongea dans un assoupissement favorable; ensuite Duclos le prenant à cheval devant lui, dans un panier soigneusement couvert, se hâta de l'enlever. Il ne mit que deux jours à faire sa route, et exécuta, comme on l'a vu, le méchant dessein de son maître, qui l'en récompensa magnifiquement, après avoir exigé de lui et de la nourrice les sermens les plus solennels de ne le jamais trahir.

Duclos, enrichi par cette action inique, quitta le service et se mit dans le commerce; mais Dieu n'avait garde de bénir ses entreprises. Il fit de mauvaises affaires, essaya de les rétablir par des moyens aussi criminels que ceux qui étaient la source de sa fortune, en secondant de faux monnoyeurs dans l'émission de leurs pièces, et fut mis en prison à Nevers. Il y aurait subi sans doute un châtiment exemplaire, si M. de Sosthènes, sur lequel il comptait, ne lui eût facilité son évasion, ainsi qu'on l'a déjà rapporté. Duclos ne manqua pas de l'instruire de la rencontre qu'il avait faite du jeune Saint-Romain. M. de Sosthènes, qui ne voulait point que ce jeune homme attirât sur lui l'attention publique, se hâta de le faire remettre en liberté; mais il chargea Duclos d'épier sa conduite et ses desseins, et de le tenir au courant de tout ce qui le concernait, sans que Petit-Jules en eût aucun soupçon.

Incapable de soutenir le spectacle de la constante douleur de sa tante, M. de Sosthènes s'était retiré à Nevers, où il avait une place de juge ; mais il avait beau fuir celle qu'il avait rendue si malheureuse, il ne pouvait se défaire aussi facilement de ses remords. Ils le tourmentaient au sein de ses criminelles richesses, assez pour l'empêcher d'en jouir paisiblement, et pas assez néanmoins pour le déterminer à les restituer à leur légitime possesseur. Il ne témoignait le désir d'être assuré du sort de son cousin qu'afin de le préserver de la misère, s'il venait à y tomber, espérant par là se mettre mieux à l'abri des reproches de sa conscience. Instruit de la vie douce et innocente que Jules menait à Dijon, il se disait à lui-même : « Ce jeune « homme doit être heureux, puisqu'il vit « dans l'aisance par son travail, et que, « ne se connaissant point, il ne peut for-

« mer aucun regret. » Mais aussitôt une
voix intérieure lui répondait : « Il est heu-
« reux, parce qu'il est sans remords ; toi,
« qui es criminel, tu ne goûtéras jamais
« aucun repos. »

Soit que le mauvais état de sa conscience nuisît à sa santé, ou que le ciel ne
permît pas qu'il jouît plus long-temps du
fruit de son crime, une hydropisie de
poitrine l'enleva qu'il était encore jeune
et non marié. Au lit de la mort, il écrivit
à madame de Saint-Romain pour lui confesser son odieuse trahison, lui demandant humblement pardon, et la conjurant,
avec les plus vives instances, de pardon-
ner aussi à Duclos (la nourrice ne vivait
plus), qu'il avait corrompu par ses promesses. Il ajoutait à cet aveu toutes les

déclarations nécessaires pour que son cousin rentrât sans obstacle dans tous ses
droits, laissant à Duclos le soin de le réunir à sa mère, puisqu'il connaissait sa re-
traite. Il est facile d'imaginer quelle ré-
volution cette lettre produisit dans le cœur
de madame de Saint-Romain. Quoi ! ce fils
qu'elle pleurait depuis dix-sept ans, elle
allait le retrouver plein de vie, et voir re-
naître avec lui tant d'espérances, dont la
perte lui avait été si douloureuse ! Elle fit
venir Duclos, qui, ayant apporté la lettre,
attendait en tremblant le résultat de cette
lecture. Il commença par se jeter à ses genoux, en s'excusant sur les ordres de son
ancien maître, et sur la force des promesses qu'il lui avait arrachées.

— Tout est pardonné, interrompit ma-

dame de Saint-Romain, pourvu que vous
me rendiez mon fils.

Elle lui fit répéter dans le plus grand
détail toutes les circonstances de cette
malheureuse aventure, et fut prête à mourir de joie en apprenant que Jules demeurait dans son voisinage, et que c'était ce
jeune serrurier qui avait témoigné tant de
sensibilité à l'aspect de ses infortunes.
Elle voulait aller sur-le-champ le chercher
elle-même.

— Ah! s'écria-t-elle, je veux être la
première à lui annoncer qu'il est mon fils!
je veux jouir de sa surprise, et saisir le
premier sentiment d'amour filial qui s'é-
chappera de son cœur.

Palmyre, qui redoutait pour sa santé
des émotions si vives, la conjura d'atten-

dre au moins au lendemain, afin qu'elles
eussent le temps de se calmer un peu ;
et afin de lui éviter ce voyage et l'éclat
dont il pouvait être suivi, elle s'occupa
secrètement avec Duclos des moyens d'at-
tirer son cousin auprès de sa mère, sans
qu'il s'en doutât, et sans ravir en même
temps à cette tendre mère la douceur
qu'elle se promettait d'éclairer elle-même
son fils sur sa destinée. Tout ayant réussi
au gré de ses désirs, Palmyre, assurée
que le jeune homme se trouvait dans la
maison, prépara doucement sa tante à
cette intéressante entrevue, qui, après
tant d'années de chagrins et d'absence,
remit enfin le fils et la mère entre les bras
l'un de l'autre.

Le sort de Jules se trouvant désormais

fixé, il profita de l'âge où il était encore pour orner son esprit des connaissances qui lui manquaient, et s'instruire dans les arts d'agrément qui siéent le mieux à un jeune homme bien né. Il donna les mille francs qu'il tenait de la libéralité du Curé à un hospice consacré aux orphelins, et fit à la famille Evroul un présent capable de la dédommager de cette portion de son héritage. Benjamin se ressentit de ce changement de fortune, par tout ce que son ami s'empressa de faire pour lui être agréable, car son nouvel état dans la société ne fit jamais oublier à Jules leur première entrevue sur le grand chemin de Bourges, lorsqu'il fuyait la troupe de Brigace, et qu'il n'avait au monde d'autre protection que celle de l'aimable Benjamin.

A vingt ans, le jeune Saint-Romain reçut la main de sa cousine Palmyre, que sa mère regardait depuis long-temps comme la seule personne digne de lui, et dont la possession vint mettre le comble à son bonheur. Lorsque les deux époux eurent reçu la bénédiction nuptiale, ils demandèrent encore à genoux celle de madame de Saint-Romain, et prièrent la vénérable Isabeau d'y joindre aussi la sienne. La paysanne, confuse et touchée de se voir traitée avec tant de respect, pleurait en appelant sur leur tête les plus précieuses faveurs du ciel. Ce fut alors que madame de Saint-Romain, passant ses bras autour du cou de la veuve Aubert, lui dit avec une extrême émotion :

— Ma pauvre Isabeau ! ces chers enfans

nous rendent la vie si heureuse, que nous
n'aurons jamais le courage de l'abandonner chrétiennement, si Dieu ne nous en
accorde la grâce d'une façon toute parti-
culière.

FIN.

14 *

TABLE

DES CHAPITRES CONTENUS DANS CE VOLUME.

———

TABLE DU DEUXIÈME ET DERNIER VOLUME.

EXTRAIT DU CATALOGUE

D'EYMERY, FRUGER ET C.ᴵᴱ

———

BIBLIOTHÈQUE DE L'ENFANT STUDIEUX, composée d'ouvrages instructifs et amusans, 8 vol. in-64, ornés de 100 gravures, cartonnés élégamment et renfermés dans une jolie boîte.

Avec les gravures coloriées.

On vend chaque ouvrage séparément, cartonné.

Colorié.

	f.	e.
	12.	0
Avec les gravures coloriées.	18.	0
cartonné.	1	80
Colorié.	2.	50

Ce joli ouvrage est en partie traduit de l'Anglais ; il n'est pas de cadeau plus agréable à offrir à l'enfance.

MERVEILLES DES CIEUX, ou Cours d'astronomie mis à la portée de la jeunesse, orné de 14 planches et d'une carte polaire, par Thomas Squire, traduit de l'anglais sur l'édition de 1823, par un astronome français. 1 gros vol. in-12.   5 0

Cet ouvrage est très-utile aux jeunes gens qui se destinent à la marine et aux voyages de long cours. Ceux même qui, sans avoir ce but, veulent acquérir des connaissances astronomiques, y trouveront toutes les notions dont ils pourront avoir besoin. Les leçons que donne l'auteur sont très-faciles à comprendre, et ne laissent rien à désirer sous le rapport de la méthode.

MORT D'ABEL (la), traduction libre en vers français du poème de Gessner, par M. le chevalier Lablée, de l'académie de Lyon et de la société royale des sciences et arts d'Orléans, 2.ᵉ édition revue, corrigée et ornée de gravures, 1 vol. in-18.

f. c:
1 50

MEXIQUE (le), ou Tableau physique, moral et politique de la Nouvelle-Espagne; contenant des notions exactes, et pour la plupart inconnues en Europe, sur sa situation actuelle, ses productions naturelles, son état social, ses manufactures, commerce, agriculture, etc.; suivi d'un appendice de documens officiels publiés par le ministère anglais *en juin dernier,* sur cette intéressante contrée, son industrie, ses arts, etc., etc., et *la nécessité de reconnaître son indépendance.* Accompagné d'un atlas de vingt planches, composé de deux plans de la ville de *Mexico;* le premier, dressé par ordre de *Montézuma,* pour *Fernand Cortez;* et le deuxième, représentant cette capitale *telle qu'elle est aujourd'hui;* les vues des principales cités du pays; les costumes, les antiquités, etc., etc., dessinés sur les lieux mêmes par M. Bul-

loch, auteur de la Narration, et pro-
priétaire du Musée mexicain formé par
lui au Mexique, et maintenant établi à
Londres. Traduit de l'anglais par M.***,
avec un avant-propos et des notes par
sir John Byerley, 2 vol. in-8°, avec l'atlas
et les costumes coloriés.

f. c.

20 0

ENFANS (les), ou les Caractères, par
miss Edgeworth, traduit librement en
français, par l'auteur de Quinze jours à
Londres. 4 vol. in-18, ornés de jolies
gravures en noir.

6 0

Gravures coloriées.

8 0

ENFANS VOYAGEURS (les), ou les
Petits Botanistes, par M.me Guénard,
baronne de Méré; revu, corrigé et an-
noté pour la partie botanique, par M.
Desfontaines, professeur de botanique
au Jardin royal des Plantes à Paris; 4
vol. in-18, avec près de 200 vignettes
gravées avec le plus grand soin; fig. en
noir.

8 0

Fig. coloriées.

12 0

LIVRE (le) DES ENFANS LABORIEUX,
ou Petits Tableaux des principales connaissances mises à la portée des enfans,
suivis de fables et de contes, par M.me
de Renneville, 3.e édit., 1 vol. in-18,
orné de 6 jolies gravures, représentant
plus de 30 sujets.

1 25

Fig. coloriées.

1 50

LIVRE (le) DU PREMIER AGE, ou instruction religieuse et maternelle, par Mme Dufrenoy; dédié à son petit-fils. Ouvrage adopté pour les écoles d'enseignement, 1 vol. in-18, avec de jolies gravures. **f. c.** 1 50

LOISIRS DE L'ENFANCE, traduction libre de l'anglais, par Bertin, 2.e édit., 4 vol. in-18, avec de jolies gravures. 6 0

MADELEINE, ou l'Amour filial, dédiée à ma fille, 2.e édition, revue et corrigée 2 vol. in-18, avec 4 figures en noir. 2 50
Fig. coloriées. 3 0

MATINÉES (les) DE L'ENFANCE, ou Contes et historiettes amusantes, traduits de l'anglais par Bertin, 2.e édit., revue et augmentée. Ce charmant ouvrage convient parfaitement aux enfans. 4 vol. in-18, avec 24 jolies gravures. 6 0

CONTES A MA PETITE NIÈCE, par Mme Gottis, 2 vol. in-18, avec grav. 3 0
Fig. coloriées. 4 0
La morale, unie à un style toujours gracieux et à la portée de l'enfance, un intérêt vif et soutenu, voilà ce qui caractérise ces petits contes, dont le succès va toujours croissant.

CRUSOÉ AMBROSE, ou les Aventures surprenantes d'un fils unique, ouvrage destiné à l'instruction et à l'amusement de la jeunesse, 3.e édit., 1 vol. in-18, orné de 8 jolies gravures en taille-douce.

	f.	c.
En noir.	1	0
Fig. col.	1	50

CURIOSITÉS UNIVERSELLES (les), faisant suite aux *Merveilles du Monde*; contenant les plus beaux ouvrages de la nature et des hommes, répandus sur toute la surface de la terre ; ouvrage destiné à l'instruction et à l'amusement de la jeunesse; par le chevalier de Propiac. 2 vol. in-12, avec grav. 7 0
    Fig. coloriées. 9 0

DAUPHIN (le) fils de Louis XV et père de Louis XVI et de Louis XVIII, ou Vie privée des Bourbons, depuis le mariage de Louis XV, en 1725, jusqu'à l'ouverture des états-généraux, en 1789, contenant des particularités peu connues concernant Louis XV et la reine Marie Lekzinska, le Dauphin, la Dauphine et Mesdames, filles de Louis XV ; Louis XVI, ses frères, Mesdames Clotilde et Elisabeth, etc. ; par M. Charles du Rosoir, 1 gros vol. in-12 de plus de 600 pag., avec portr. du Grand Dauphin. 4 0
    Vélin. 7 0

CONTEUR DES PETITS ENFANS (le), ou Choix de contes et historiettes morales et amusantes, tirées de Berquin, Campe, etc., 2 vol. in-18, avec grav. En noir. 3 0
    Fig. col. 4 0

CONVERSATIONS D'ÉMILIE, nouvelle

15

et jolie édit., avec 12 belles grav. 4 vol.
in-18.   5 o

CONVERSATIONS MATERNELLES,
par M.me Dufrénoy, 2 vol. in-18, avec
grav. En noir.   3 o
     Fig. col.   4 o

CORBEILLE DE FLEURS (la), ou Com-
plimens pour les fêtes, anniversaires,
etc., 3.e édition, revue, corrigée et
augmentée, 1 vol. in-18, figures et titre
gravés.   1 25

PETIT CABINET DES FÉES (le) ou
Choix de jolis contes de Fées, par Henri
Lemaire. 6 vol. in-18, avec 24 jolies
gravures.   10 o

PETIT MANUEL DE LA POLITESSE,
ou l'Art de se présenter et de se conduire dans le monde : ouvrage pour le
temps présent, et dans lequel on a fait
entrer un petit Traité sur la manière
d'écrire les lettres, suivant la qualité
des personnes à qui on les adresse, par
M. Henri Lemaire, 1 vol. in-18, avec
gravure.   1 o

PETIT NÉLADIR, ou le Berger de Bas-
sora, conte moral tiré de l'arabe, par
M. S.-G. MASSELIN, 1 vol. in-18, orné
de fig.   1 50
     Fig. coloriées.   2 o

PETIT PAUL, ou l'Éducation villageoise,
par M.me Langlois, auteur des *Petits*

Marchands ambulans, 1 vol. in-18, avec
gravure. 1 50

Paul semble d'abord annoncer un vau-
rien ; mais il devient orphelin, et le curé
en prend soin ; guidé par lui, ses goûts
changent, et sont tous dirigés vers les occupations utiles, notamment sur celles de
la campagne. Cet ouvrage, écrit agréable-
ment, et où tout respire la vertu la plus
pure, ne peut manquer d'intéresser.

PETIT (le) PORTE-FEUILLE RE-
TROUVÉ, dédié aux petits enfans, 2
vol. in-18, avec 4 jolies fig. en noir. 2 50
   Fig. col. 3 0

PETITE (la) MÉNAGÈRE, ou l'Éducation maternelle, par M.me Dufrenoy,
2.e édit., revue et corrigée avec soin,
4 vol. in-18, avec 24 jolies grav. en noir. 7 0
   Grav. col. 9 0

PETITE MYTHOLOGIE à l'usage de la
jeunesse, divisée en entretiens et suivie
d'un Dictionnaire abrégé de la Fable,
avec 14 jolies grav., 2.e édition, 1 vol.
in 18. En noir. 1 50
   Grav. col. 2 0

PETIT TÉLÉMAQUE, ou Précis des
aventures de Télémaque, fils d'Ulysse,
d'après l'ouvrage de Fénélon, dédié à
l'enfance et publié par un instituteur,
1 vol. in-18, orné de jolies gravures. En
noir. 1 25
   Grav. col. 1 50

PETIT ROBINSON (le), où les Aventures de Robinson Crusoé, arrangées pour l'amusement de la jeunesse, par Henri Lemaire, 5.ᵉ édit., revue et corrigée, 1 vol. in-18, orné de 6 jolies figures et d'un titre gravé. Fig. en noir. **1 25**

    Fig. col. **1 50**

PETITE ÉCOLE DES ARTS ET MÉTIERS, contenant des notions simples et familières sur tout ce que les Arts et Métiers offrent d'utile et de remarquable ; ouvrage destiné à l'instruction de la jeunesse, par M. Jauffret, 2.ᵉ édit., 4 vol. in-18, ornés de plus de 120 vignettes ou grav. en noir. **8 0**

    Grav. col. **12 0**

PETITE ENCYCLOPÉDIE DE L'ENFANCE, ou Leçons élémentaires de grammaire, de géographie, de mythologie, d'histoire ancienne et moderne, d'histoire des religions, d'arithmétique et de mathématiques, de physique, d'histoire naturelle, des arts et métiers, etc. Ouvrage propre à donner aux enfans les notions premières les plus indispensables et orné de 100 sujets de jolies gravures en taille-douce, par M.ᵐᵉ Dufrenoy, 2 vol. in-18. En noir. **4 0**

    Grav. col. **6 0**

PETITE FERME, ou la Bonne Ménagère, petit cours d'agriculture, de jardinage et d'économie domestique, 1 gros vol. in-12. **3 6**

PETITE GALERIE MORALE DE L'EN-
FANCE, traduit de l'anglais de miss
Edgeworth, par M.me Belloc. 4 vol.
iu-18., avec gravures. 8 o

PETITE GRAMMAIRE DES JEUNES
DEMOISELLES, ou Principes géné-
raux de la langue française, in-12, rog. o 60

PLUTARQUE MORALISTE, ou Choix
des plus beaux traits de morale du premier des écrivains moralistes de l'anti-
quité ; par M. Lemaître. 6 o

SUISSE (la), ou Tableau historique, pit-
toresque et moral des cantons helvé-
tiques, mœurs, usages, costumes, curiosités naturelles, etc.; deuxième édit.,
revue, corrigée et de beaucoup augmentée; par Depping, de plusieurs
académies, 4 vol. in-18., ornés de jolies
gravures de costumes, paysages, etc. . 8 o
Fig. coloriées. 12 o
Cet ouvrage fait bien connaître l'histoire de la Suisse et tout ce qu'elle ren-
ferme de curieux.

TABLE DE BOSTON (la) ou Contes à
mes enfans; 4 vol. in-18., avec 8 grav.
en noir. 5 o
Grav. color. 6 o

TABLETTES CHRONOLOGIQUES de
l'Histoire ancienne et moderne, avec les
développemens historiques ; ouvrage
adopté pour la troisième classe des ly-
cées et écoles secondaires, par la com-

mission des Trois, dont S. Exc. le comte
de Fontanes faisait partie. 6.e édition,
revue et corrigée, par A Serieys, professeur d'histoire, 1 vol. in-12 de 600   f. c.
pages, imprimé en petit-romain.   4 0

ZÉLIE, ou la Bonne Fille, par M.me de
Henneville, 1 vol. in-18, avec grav. en
noir.   1 50

    Fig. coloriées.   2 0

TRÉSOR DE L'AMOUR FILIAL, ou
Répertoire de Gustave, par Edmond
Cordier, auteur de l'Abeille française,
1 vol. in-12, avec une jolie grav.   2 50

TOUR DU MONDE (le), ou Tableau géo-
graphique et historique de tous les peu-
ples de la terre, contenant une descrip-
tion succincte des pays qu'ils habitent;
un aperçu des mœurs, des coutumes,
religions et lois qui les régissent : ainsi
que les révolutions politiques qu'ils ont
éprouvées; un exposé de leurs princi-
paux monumens et antiquités, des no-
tices biographiques sur les hommes les
plus illustres; l'état de leurs productions,
industrie, commerce, etc.; par M.me
Dufrénoy; 2.e édition, entièrement re-
fondue et imprimée sur beau papier
d'Auvergne, ornée de 48 grav. et de 3
cartes, et avec les nouvelles divisions
géographiques; 6 gros vol. in-18. Fig.
en noir.   12 0

    Gravures coloriées.   18 0

www.ingramcontent.com/pod-product-compliance
Lightning Source LLC
Chambersburg PA
CBHW070902030726
47504CB00005B/1432